セシル文庫

恋した義兄はヤクザさんでした

かみそう都芭

JN267175

イラストレーション／周防佑未

恋した義兄はヤクザさんでした◆目次

恋した義兄はヤクザさんでした

「さあ、着いたぞ。ここが笙也《しょうや》の新しい我が家だ」

母、仁美《ひとみ》の再婚相手。義理の父となった緋川剛三《ひかわごうぞう》が言った。

笙也は唖然として目を見開き、信じられない思いで車の外を凝視した。

鋭利な忍び返しのついた高い塀に、純和風の重厚な門構え。最新のオートロックだという門扉が開いたその先は、家屋まで二十メートル以上はあるだろうか。車を乗りつけるロータリーふうの造りで、まるで盆栽《ぼんさい》かと思うほど整えられた木々が体裁《ていさい》よく植えられている。笙也の庶民感覚で言えば、塀が遥《はる》か彼方《かなた》まで続いているように見えて、家屋の向こうにあるであろう庭の奥行きがいったいどれほどなのか、正面から一見しただけでは全く測《はか》れない。

しかし、敷地の広さと大きくて立派な家屋にも驚いたが、もっと驚いたのは、玄関口からズラリと並んだ出迎えの男たちだ。

徐行《じょこう》で進む黒塗りの外車の両側に立ち、彼らは「おけえりなせえやし」とダミ声を発して次々に頭を下げていく。「おかえりなさいませ」と言っているのだろうが、その独特な発音は妙に不穏な気分にさせられてしまう。

一瞬、緋川家の使用人かと思ったけれど、そんな普通の人たちじゃないのは一目瞭然。

なぜなら。派手なTシャツや開襟《かいきん》シャツ、スーツを着た者まで、服装はさまざま。髪型も、スキンヘッドからムサ苦しいパーマヘアまでバラエティに富んでいる。しかも、揃いも揃って人相《にんそう》が悪い。緊張感さえ感じさせる引き締めた表情、立ち姿。そのどれもが、笙也の常識範囲内で知る一般人と雰囲気が違う。

ひと言で言えば、『異様』なのである。

不動産と金融を手がける会社を経営していると聞いていた。大きな家に住む資産家だとも聞いていた。だけど、これは普通の金持ちとは一線を画してるような気がする。緋川自身もちょっと変わった凄味《すごみ》のある人だと思ってはいたけど……。

この義理の父と顔合わせしたのは、つい一週間前のことだった。

笙也は、後部座席の高級革張りシートに身を沈め、隣に座る緋川の上機嫌な横顔を窺い見た。

その日、美大を卒業したばかりの笙也は面接でまたも玉砕《ぎょくさい》した。

去年の秋には広告デザイン会社の内定が決まっていたのだが、不運なことに卒業間際《まぎわ》に倒産してしまった。そのせいで、未だに就職活動中なのだ。

しかしもって、さすがにファインアート系卒の職探しは難しい。聞きしに勝《まさ》る厳しさだと痛感せざるを得ない。デザイン専攻なら採用のハードルはもう少し低かったかもしれないが、油絵に熱中して四年間を過ごしてきたので、なおさら。倒産を知って慌てて就職活動を再開したものの、ただでさえ現役学生が内々定《ないないてい》を争うこの時期になっては、あぶれ組の採用は予像以上に不利だったのである。

それにしても――。面接の手応えが毎回悪いのは、軟弱そうに見える容姿のせいもあるんじゃないだろうかと思う。

いちおうリクルートカットにしているけれど、すぐ額《ひたい》に落ちてしまうゆるゆるのクセっ毛。くっきりした二重で、男にしては少しばかり大きめの目元。それこそ女子なら他人に好印象を与えるであろう、長い睫毛にふちどられた黒目がちの瞳。そして、いかにも美術系な白い肌と、見るからに力のなさそうな筋肉の薄い体格……。

たぶんとどめは、この頼りない容姿を際立《きわだ》たせるおっとりした喋《しゃべ》りかただ。

テンポが緩く柔らかで、あまりキビキビしているとは言えない口調である。だけど、角の立たない人づき合いができるのは長所だと自分では思っていた。周囲からも、争い事と無縁で羨《うらや》ましいと、よく言われていた。しかし、学生なら長所で通っても、企業では気骨《きこつ》が足りないとか、即戦力にならないとか、判断されているのではないだろうか――。などと、あまりにも手応えが悪すぎて、穿《うが》った分析をしてしまう。

もうアートやデザインに携わる職種がいいなんて贅沢は言わない。絵描きとしてはまだ未熟だけど、作品を気に入って買ってくれる人がぼちぼちいる。絵だけで稼ぐのは無理としても、応援してくれる人がいる限りギャラリーの出展活動は続けていきたい。余暇《よか》に絵を描く時間さえあれば、どんなところでも頑張って働くから入社させてほしいのだと、切《せつ》に願う毎日。

そんなこんなで、自虐《じぎゃく》に陥《おちい》りそうな心を励《はげ》まして帰宅すると、ちょうどメイクを終えた母、仁美が振り向いて、ほんのり照れながら言った。

「実はね、笙也に会ってほしい人がいるの」

「誰？　……あ」

最初はピンとこなかったけど、服装と薄いメイクは店に出るしたくとようすが違う。少女のように頬を染める仁美の顔を見て、それが祝福すべき報《しら》せだとすぐに察した。

笙也は、両親が七歳の時に離婚して、ここまで女手ひとつで育てられた。四十も半ばを過ぎた仁美だが、夜の仕事で働き詰めてきたわりに色白の肌はきめ細かく、シワやくすみはほとんど目立たない。笙也によく似た顔立ちは、仕事用の厚化粧などしなくても充分に通用する美人だ。

「もしかして……再婚、するの？」

　仁美は上気した頬に手をあて、笙也の反応を窺う表情で頷いた。

「賛成してくれる？」

「もちろんだよ」

　そう言って笑ってやると、仁美の顔がパッと華《はな》やいだ。

　笙也の父は、子供の目から見ても最悪の男だった。個人経営で輸入の仕事をしていたそうだが、海外を飛び回っては借金を増やし、生活の窮乏《きゅうぼう》を訴える妻に暴力を振るって息子にまで八つ当たりする。しまいには女を囲って、僅《わず》かな生活費まで持ち出して貢《みつ》ぐ始末。

　ほとほと愛想が尽きて離婚したものの、仁美は保証人になってしまっていた父の借金を背負い、水商売の道に入って気丈《きじょう》に働いてきたのだ。そんな母を労《いた》わって仲良く老後まで一緒に生きてくれる誠実な男性なら、諸手《もろて》を上げて賛成だ。

「どんな人？」

「優しくてすごく男気のある人よ。会ってくれるわね？」

「そうだね、いつがいいのかな」

「今夜なの。どうかしら」

「えっ、これから？」

びっくりして声が裏返ってしまった。

「昼間、緋川さんと電話で話しててね、お互い自慢の息子に早く会わせたいねなんて盛り上がっちゃって」

「盛り上がって……？」

「ちょうどあちらの息子さんは今夜は空《あ》いてるっていうし、それで勢いでレストランを予約してくれたのよ」

仁美はちょっと肩を竦《すく》め、お茶目《ちゃめ》に言う。

「ず、ずいぶん急だね」

報告を聞いたすぐあとに家族の顔合わせだなんて、急展開すぎて心構えがちょっと追いつかない。でも最初の結婚で苦労してきたぶん、この再婚で女の幸せをつかみなおしてほしい。そして自分も、いつまでも甘ったれた一人息子でいちゃいけない。早いとこ就職を決めて、アパートを探して独立しなければと思う。なんの憂《うれ》いも残さず、母を新しい家庭に送り出してやるのが親孝行というものだ。

「じゃ、一番いいスーツに着替えるよ」

といっても、持っているのは三着きり。今着ているリクルートスーツと冠婚葬祭の礼服と、成人式用に買ったいっちょうらの三つ揃えだけであるが。

仁美は喜々として、笙也は緊張気味で、臨《のぞ》んだ場所は都心に立つ高級ホテルのレストランだった。

明るく見通しのいいエントランスでは、モスグリーンの制服を着たホテルマンたちが颯爽《さっそう》と立ち働いている。一段高いロビーラウンジの天井には大きなクリスタルシャンデリアがぶら下がっていて、その周囲に花びらをかたどるように配置された小振りのシャンデリア群が瀟洒《しょうしゃ》な輝きを放つ。真っ白な壁に施《ほどこ》された金唐草《きんからくさ》のレリーフと、高窓には照明に浮かび上がるステンドグラス。クラシカルな基調と近代的な清潔感がうまく融合していて、圧倒されるほど煌《きら》びやかな内装だ。それが美しく落ち着いた空間となっているのは、計算されつくした品格というものだろう。

最上階直通のエレベーターに乗ると、微かな振動を響かせ、滑るように到着してドアが開く。広々したホールは、一階エントランスより少しトーンを落とした暖色系のシャンデリアで彩られ、緩やかに流れる音楽が優雅な待ち合わせ時間を演出している。革張りのソファセットがいくつか置かれていて、カップルや接待とおぼしき数組のレストラン予約客が談笑していた。

再婚相手は母より十歳上で、三十一歳の息子と二十六歳の娘が同席する予定だと、ホテルに向かうタクシーの中で聞いている。

先に到着しているだろうかと、該当する一家を探して首を巡らせた笙也は、ソファの横に立つ長身の男性に視線が張りついてしまった。

男らしいシャープな顎のライン。凛々《りり》しく切れ上がった目尻と、形のよい頭が知性を感じさせる。軽く後ろに流して整えた髪形が、秀麗な顔立ちをすっきりと引きたてて見せている。さらに、ダークスーツの似合う広い肩と長い手足が際立《きわだ》って、モデルばりに均整のとれたプロポーションだ。

ふと視線を転じた彼と目が合って、笙也の胸の奥がトクンと揺れた。彼の鋭い瞳に、心の芯を射抜かれたような気がした。

強く、魅力的な瞳の持ち主だ。

「剛三さ～ん、お待たせしてごめんなさい」

駆け寄っていく母の声で意識がパチンと弾け、瞬きして目を凝《こ》らす。彼の横でこちらに向かって合図を送る若い女性と年配の男性の姿が、霧が晴れるようにして浮かび上がって見えてきた。

目立つ長身の彼にいきなり視線が惹きつけられて、周囲の人々の姿が翳《かす》んで目に入らなくなっていたのだった。

「よ、待ちくたびれたぞ」

年配の男性が、親しげに片手を挙げて応える。その隣の若い女性が、笑顔で手を横に振った。

「ウソよ。私たちもさっき着いたところだから」

「あら、真由《まゆ》ちゃん。そのワンピースすてき。ボレロと小物のコーディネートがセンス光ってるわ」

「仁美ちゃんも、シックなアンサンブルドレスがセクシーで女優さんみたい」

心安く『ちゃん』づけで呼び合う彼女たちは、すでに対面を済ませて気の合う仲になっているらしい。真由は、笙也に改めてペコリと頭を下げた。

「徳田《とくだ》真由です。結婚して夫と一緒に緋川の家に住んでるの。よろしく。素敵なお義母《かあ》さんができて嬉しいわ。でも、初めて会った時から仁美ちゃんって呼んでたから……、気安くてごめんなさいね」

「いえ、仲良くしてやってください」

肩の上でウェーブする黒髪が艶《つや》やかで、白い歯の覗く笑顔がくったくない。喋りかたもハキハキしていて、快活なしっかり者といった印象の美人だ。再婚相手の娘とうまくやっていけるなら、同居しても確執の心配はないだろう。

「笙也。緋川剛三さんよ」

仁美が紹介すると、緋川は笙也をまじまじと見て笑った。

「なるほど、これが自慢の息子か。想像以上の色男だな」

「でしょ。性格も優しいし、絵の才能だってあるのよ」

色男なんて言われかたをしたのは初めてで、ちょっと戸惑ってしまう。でも緋川のおおらかなようすから、とりあえず褒めてくれているらしいのはわかる。

「親のひいき目ですから。笙也です。よろしくお願いします」

「こちらが、緋川家の自慢の長男さんね」

仁美が目を細めながら振り仰《あお》ぐと、洗練されたスーツ姿の長身が軽く口角を上げて会釈した。

「龍樹《たつき》です。初めまして。笙也くん、よろしく」

名前を呼ばれて、気分がふわりと浮いた。

「子供の頃から優秀だったたって、剛三さんからしょっちゅう聞かされてるわ」

「それこそ、親のひいき目ですよ」

落ち着いた低めのトーンが、しっとりと耳に届く。顔とスタイルだけじゃなく声もいいんだ……と、笙也は視線が龍樹に張りついたまま言葉を忘れてしまう。

つい見蕩《みと》れていると、顔合わせのタイミングを見計らっていたレストランの支配人が「緋川様。ご用意ができました」と一行《いっこう》を恭《うやうや》しく招いた。

店内はスイスのリゾート地をイメージしているようで、すっきりしたシンプルな装飾が品のよい高級感をかもし出す。ピアノのムーディな生演奏が流れる中、案内されたのは窓際に設《しつら》えられた個室だった。

夜景を見下ろす円テーブルに着くとすぐに前菜が運ばれてきて、まずは冷えたシャンパンで乾杯。ほどなくサラダやマリネ、チーズをふんだんに使った温野菜のオーブン焼きなどの大皿が並ぶ。

「美味《おい》しい。このあとのメイン料理も期待できるわ。フレンチにしようか迷ったんだけどね、コース料理よりみんなで取り分けて食べるほうが楽しいと思って」

「ああ、家族になるんだからな。賑《にぎ》やかにいこう。遠慮はなしだ。他に飲み食いしたいもんがあれば、なんでも注文していいぞ」

太《ふと》っ腹《ぱら》で言う緋川は早くもシャンパンを飲み干し、ウイスキーをストレートで注文している。かなりの酒豪《しゅごう》なのだろう。

「お酒、強いんですね」

「おう、水代わりだ」

「兄さんのほうが強いのよ。いくら飲んでも酔わないの」

「俺はたしなむていどだ」

「あれ？　一升瓶《いっしょうびん》とかボトルとか一人で空《あ》けちゃうの、たしなむとは言わないわよね」

「そうでもない」

真由の軽口を、龍樹は笑って受け流す。そんな兄妹のやりとりは見ていて微笑ましい。

母子家庭の一人っ子で育った笙也には、羨《うらや》ましい光景だ。

「いくら飲んでも酔わないって、手がかからなくていいわね。剛三さんは機嫌よく酔っ払って、限界きたらどこでも寝ちゃうから大変」

「わかるわ。いつも潰れたお父さんを連れて帰ってくれて、申し訳ないったら」

「楽しく飲んでるんだからほっとけ」

「こっちの迷惑も考えてよね」

「そうだな。ほどほどという言葉を覚えるといい」

「細かいこと言うな」

剛三は、肩を揺すって豪胆《ごうたん》に笑う。なるほどである。泥酔した緋川を仁美が家に連れ帰るということが何度もあって、世話を焼く女同士の連帯感が、彼女たちのつき合いを心安くしたのだろう。

「笙也も、どんどん飲め」

「あ？　い、いえ。俺は弱いほうなんで、ソフトドリンクにしておきます」

いきなり呼び捨てされて、面食《めんく》らってしまった。でも、義理の親子になるわけだし、親しみをこめて接してもらえるのは、母のためにも嬉しい。

「そういえば、母さんと緋川さんのなれそめって、店？」

「ええ、半年前からのうちの常連さん」

「半年？　電撃結婚だね」

「うふ、まあね。すごくウマが合うのよ」

「俺のひと目惚れさ」

緋川が三杯目のウイスキーを飲みながら、仁美の肩にポンと手を置く。

笙也は『ひと目惚れ』という言葉に反応して、斜め向かいに座る龍樹に目が向いてしまった。

竜樹は流れるような動作でナイフとフォークを使い、洗練された手つきでワイングラスを傾ける。

節の緩やかな指は長くまっすぐで、爪の形もきれいに整っている。手の形はプロポーションに比例しているというけれど、本当に、彼の手は均整のとれたプロポーションをそのまま表していると思う。ちょっとクロッキーさせてくれとお願いしたいくらい、頭のてっぺんからつま先まで絵になる男だ。

ふいに、視線を上げた龍樹と目が合った。不躾《ぶしつけ》に見入っているのを気づかれたのだろうか。クスと微笑われたような気がして、笙也ははにかみながら睫毛を伏せた。

もっと龍樹を見ていたい。どうしようもなく彼に心が惹かれる。

思い起こせば……。小学校二年の時には、担任の若い男の先生が大好きだった。そのあとは、運動や勉強ができて目立つ男子生徒にばかり目が引きつけられ、中学では優秀な男子生徒会長に憧れた。これは恋だろうかと初めて思い至った相手は、高校の美術部の一年先輩。カリスマ性のある芸術家肌の人で、笙也が美大を目指したのは、彼の絵画への情熱に感化されたからだった。

だけど、告白したことも成就《じょうじゅ》したことも一度だってないけれど、同性への恋をひた隠しにするのは別に辛《つら》くはない。甘く優しい恋心が、絵を描くインスピレーションや原動力になればそれでいいと思う。つき合ったり触れ合ったりしなくても、見ているだけで気持ちが満たされる。笙也は、肉欲よりも惹かれる想いを大切にしたいという、純情なプラトニック派なのだ。

しかし、今は再婚同士の家族の顔合わせ。見蕩れている場合じゃないのである。

「剛三さんは、不動産会社と金融会社を経営してる社長さんなのよ」

「多角経営ですか。すごいな。実業家なんですね」

「そんなたいしたもんじゃない。あくせく働いてるのは、若いやつらだしな。俺より、龍樹のほうがほんとの実業家ってやつだろ」

「龍樹さんも一緒にお仕事を？」

家族経営かと思って訊いてみたのだけれど、違ったらしい。龍樹がふわりと首を横に振って口を開く。

「父とは関連のない会社だよ。主に飲食店とビジネスホテルを展開しているんだ」

「兄さんは大学が経営学部でね、在学中にカフェをやってみたらあたったの」

「それを元手に、本格的に起業した。まあうまくいって、おかげさまで今は忙しく過ごしてる」

「笙也も知ってると思うわ。あんたの大学の近くにランディってカフェがあったでしょ」

「あったあった。あれって、龍樹さんの店だったんだ？」

笙也は感嘆《かんたん》を漏らした。ビジネスホテルは泊らないからわからないけど、ランディなら常連だったからよく知っている。カフェに特化せず、ここ数年でレストランや居酒屋を次々に展開している勢いのある優良チェーン店だ。

不躾に見つめてはいけないと思いながらも、またも龍樹に見蕩れてしまう。

いつだって好きになるのは、優秀でカリスマ性のある目立つ男子だった。龍樹の、丁寧で自信に満ちた言葉遣いや仕種《しぐさ》。容姿端麗で、理知的で落ち着いた物腰。若くして起業に成功した者の風格は、まさに非の打ちどころもなく笙也の好みど真ん中だ。ひと目で惹かれないはずはないのである。

今まで好きな人は見てるだけで満足で、まともに話したことはほとんどなかった。それが、こんなすごい人が義兄《あに》になるなんて夢のようだ。

「俺の息子が大学出て会社作るなんざ、こいつが生まれた時には想像もしなかったなあ」

緋川は感慨深げに言ってステーキを口に放り込み、ウイスキーでグイと胃に落とす。

「私もいちおう大卒よ。短大だけど」

「笙也くんは、美大を卒業したばかりだそうだね」

「はいっ。就活中です」

龍樹に話題を振られて、つい声が張り切ってしまった。

「ほんとは今頃デザイン会社のサラリーマンになってたはずなのに、入社前に倒産しちゃったもんで」

「それは、残念だったな」

「いつまでもフラフラしてられないから、頑張ってはいるんですけど」

「求人が冷え込んでる時勢だ。希望の職を探すのも大変だろう」

「ええ……。絵を描く余暇《よか》さえあればと思って妥協《だきょう》しても、なかなか」

優しい言葉をかけてもらって、舞い上がりそうになってしまう。その横から、ほろ酔いかげんになりはじめた緋川がひょいと口を挟んだ。

「先生になりゃいいじゃないか」

「中学とか、高校の美術の先生ね」

「それも考えて、いちおう教職は取ったんです。でも、空きがなくて」

「ああ、今は企業に就職するより狭き門だと聞いたことがある。正式採用はコネがなければまず無理らしいな」

「そうなの？　厳しいのねえ」

さすがに、成功者となった竜樹は世情を把握している。

確かに、美大卒なら美術教員になる道もある。仕事のかたわら自分の創作活動もできそうで、魅力的だと思った。しかし全ての学校に美術の授業があるわけじゃないし、あっても定員はたいてい一校に一人。空きが出ても非常に倍率が高く、実際はそう簡単にはいかなかったのだ。

「まあ、焦《あせ》らず自分に合った仕事を探すといい。ブラック企業にでも入ってしまっては、絵を描くどころか無駄に疲弊《ひへい》するばかりだ」

「龍樹さんの言う通り。過労死なんて嫌よ。笙也の新作を待ってくれてるファンだっているんだから」

「あら、ファンがいるの？」

真由が目を輝かせて身を乗り出してきた。

「ファンっていうか……あの……。ギャラリーの合同展とかによく声をかけてもらって、出展してるんです。たまに作品を買ってくれる人がいるていどで」

「そいつぁ将来有望だ」

「いいえ、俺は絵を描くしか他にできないから」

「それなら、ますます妥協してはいけないな。就活に限らず、なにか困ったことがあれば相談に乗るよ。少しは力になれるかもしれない」

「ありがとうございます。心強いです」

「私は絵のことはよくわからないけど、きっときれいな作風なんでしょうね」

「そうよ、すごくすてきなの。癒しカラーの使いかたがうまいんですって」

「へえ、癒しか。いいな。世の中、殺伐《さつばつ》としてるからな」

「優しい感じかしら。よかったら、今度見せてね」

「ええ、いつでも」

「でも笙也くんは偉いわ。働きながら絵を描くなんてしっかりした目標を持ってるんだもの。それにくらべて、うちの弟ときたら」

「あ～、あいつはなあ……もう好きにさせとけ。俺もあきらめた」

賑やかなペースでポンポンと話題が移っていく。笙也は、弟と聞いて首を傾げた。会食に欠席すると告げられていなかったから、二人兄妹だとばかり思っていたのだ。

「他に兄弟が？」

「私の下に一人。笙也くんより一歳上なんだけど、高校中退してほっつき歩いてばかり。ここ三年くらい全く家に帰ってないの」

「それは……心配ですね」

非行に走って家出同然の状態ということだろうか。踏み込んで訊いていいものか、迷ってしまう。笙也は訝《いぶか》しげな表情になっているであろう顔を少し俯かせ、フォークにスモークサーモンを絡めながら真由を窺った。

「うちは三人とも母親が違うの。私と龍樹兄さんは緋川の家で生まれたから、仲良く一緒に育った。でも俊夫《としお》がうちにきたのは、あの子が五歳の時で」

口に入れようとしていたスモークサーモンが、ポトリと皿に落ちた。それは驚きの事実だ。つまり、緋川にとって仁美は四人目の妻。再々婚である。

「どういう育ちかたしたんだか、へんにひねちゃって。扱いづらかったわ」

末の弟は連れ子だったのだろうかと笙也が想像していると、緋川が仁美に向かって愚痴《ぐち》るように言う。

「母親がアレだからな。あいつを嫁にしたのは、一世一代の失敗だ」

「しかたないわ。剛三さんは悪くない。相性が悪かったのよ」

「と、いうと……？」

笙也は、おそるおそる訊いてみた。

「最初の女房は、龍樹が三歳になる前に病気で死んだ。もともと体が弱かったんだ。真由の母親は、事故でな。二人とも、できた女だったが」

「それは……お気の毒です」

「三人目は、わがままなうえに酒癖が悪くてなぁ。うちの若い連中の面倒を見るのは嫌だって言うんで、内縁《ないえん》のままマンション暮らしさせてやってたのに」

「緋川さんち、男の子たちがたくさん住み込んでるの」

なるほど。独身の男子社員を下宿させているのだろう。とても広い家らしい。

「俊夫が生まれた時、とんでもねえ名前をつけたがるんで揉めたんだ。俺が『俊夫』に決めて強引に届けを出したら、怒り狂って大喧嘩《おおげんか》の末にぷいと出ていっちまった」

「名前のことでそんな……。ちなみに、その内縁の奥さんはどんな名前を？」

「羽理尊《はりそん》」

「……はりそん？」

思わず、呟きでオウム返ししてしまった。

「アメリカの映画俳優に入れ込んでてよ」

仁美が隣でクスクスと笑いを噛み殺している。今はキラキラネームが流行《はや》っているが、その当時に純日本人でそれは、さすがに突飛《とっぴ》だ。

「五年後にひょいと戻ってきて、復縁したいと泣きつかれた。普通ならどついて追い出すところだが、俺は俊夫のために腹の虫を治めて籍を入れてやったんだ。ところが、一年もしないうちに男作って逃げやがったのさ」

「なんとも……」

言葉がみつからない。いったいどんな家庭なのか、少し心配になってしまう。でも、仁美はなにも懸念してはいないようだし、全て承知で再婚を決めたのだろうから、よけいなことは言わないほうがいい。

妻を亡くした傷心《しょうしん》のあまり、寂しさから悪い女に引っかかってしまった。というのはよく聞く話だ。子供のために一度は怒りを鎮めて復縁したという緋川は、懐《ふところ》が深い人なのに違いない。仁美が女手ひとつで笙也を育ててきたように、きっと緋川も頑張って子供たちを育て上げたのだろう。立派に成長した龍樹と真由の姿が、それを証明している。

「ところで、結婚式は挙げるの？　ウエディングドレス？」

真由が、またコロリと話題を変える。仁美は、口元に照れた微笑を浮かべて片手を横に振った。

「おうちで、身内だけ集めてささやかにしようって話してるの」

「盃事《さかずきごと》だけやるつもりだ」

「お着物ね。白無垢《しろむく》がいいわ」

「恥ずかしいわよ。留袖《とめそで》で充分」

「だめだめ。仁美ちゃんが主役よ。美人さんなんだから、せめて振袖」

「ますます恥ずかしいじゃないの」

「じゃあ、着物は黒でも帯は絶対、金襴緞子《きんらんどんす》。和服が豊富なウェディングショップ行きましょうよ。私に選ばせて」

「あら、それすてき。金襴緞子ってロマンチックな響きだわ」

なんだかんだ、絢爛《けんらん》な花嫁衣装になりそうである。自宅で盃事とはずいぶん古風だが、仁美と真由はよほど楽しみらしく、キャッキャと話が弾《はず》む。

「で、いつ？　先に越してくる？」

「そうだな。入籍なら明日にでもできるぞ」

「父さんがこう言ってるけど、どう？　仁美ちゃん、笙也くん。善《ぜん》は急げよ」

仁美がくすぐったそうに緋川を窺う。

「明日は無理だけど……次のお休みなら。引っ越し荷物もそんなたくさんないし」

「よし、決まりだな。笙也も養子縁組して、来週から晴れて俺の息子だ」

「えっっ」

笙也はびっくりして声を上げた。

つい数時間前に再婚を知らされて、心の準備をする暇もなく顔合わせ。と思ったら、話の勢いに乗って一週間後の入籍と引っ越し決定とは。

結婚までの母子二人の時間を惜《お》しむ、なんて感傷《かんしょう》は言わないけれど、少なくともまだ数ヶ月は先のことだと思っていた。だからそれまでに一人暮らしの準備をして、親離れしなきゃなと悠長に考えていたのだ。

「あの、俺は……美咲姓のまま独立しようかと」

「まあ、どうして？」

仁美が額を曇らせ、驚いた顔を向ける。

「俺の籍に入るのが嫌なのか？」

上機嫌だった緋川が、一転して笙也を見据えた。

「いえ、ありがたいです。でも俺はもう成人なので……、母親にくっついて養子縁組までしていただくのは申し訳なくて」

「なに言ってるの。無理に独立なんてしなくていいのよ。就職だってまだ決まってないんだから」

「ひょっこがおかしな気ぃ遣ってんじゃねえよ。俺はな、おまえにも分け隔《へだ》てなく遺産分けするつもりでいるんだ」

緋川はグイと身を乗り出し、声音を落とす。

「や、それはほんと、恐縮すぎます」

笙也は、オロオロしながら顔の前で両手を振った。二十二歳の男が母親の再婚にくっついていって、しかも遺産までもらうなんて、親族の相続争いの種になってしまうのではないか。と、思うのだが。

「恋女房の息子を放り出すなんざ、男がすたる。女房ともども末長く面倒見るのが、義理人情ってもんじゃねえか。それともおまえ、俺の世話は受けられねえってのか」

なぜか凄《すご》まれて、背中に冷や汗が滲《にじ》んで言葉を失ってしまった。

「父さん。そんな乱暴な言いかたをしたら、よけい笙也くんに気を遣わせてしまうだけだろう」

助け舟を出してくれた龍樹の落ち着いた声に、笙也の肩がホッとして緩む。

「笙也くんも、少し視点を変えてみてはどうかな」

「視点……ですか？」

「お母さんは、君と一緒に緋川の家族になることを望んでる。父も、それを楽しみにしているんだ。養子縁組をして一緒に暮らすのは、義理の父への初めての親孝行だと思えばいい。お母さんにとっても、親孝行になるんじゃないかな？」

「親孝行……」

「緋川の籍に入れば、父が亡くなった場合に遺産は平等に分配される。俺たちの家族になるんだから、堂々と受け取るのは君の権利だよ」

真由が、「当然よ」といった顔で頷いて見せる。

緋川家の実子が認めてくれるなら、きっと争いなど起こらない。逆に遠慮しすぎて義父との不仲を招くほうが、この場合は不調法《ぶちょうほう》かもしれない。きっと仁美にも、それは辛《つら》いことだ。

「急がなくても、独立はいつでもできるだろう。今は新しい家族との暮らしを考えてほしいと、俺は思うんだが。どうだい?」

「は、はい」

龍樹にそう言われると、それが一番いいことだと納得してしまう。

緋川は言葉遣いが荒いけど、飾り気のない人柄でとても情に厚い男なのだ。この人になら母を委《ゆだ》ねられる。自分も、緋川を父として慕《した》うことができるだろう。

なにより、龍樹が義兄になると思うと心強い。彼とは、家族として繋がっていたい。実はそれ以上に、龍樹とひとつ屋根の下で暮らすことになるのかと想像すると、ドキドキするような、ワクワクするような――。

恋した人とこんな近い関係になるのは初めての笙也だが、想いに邪《よこしま》さがないのは、肉体経験が皆無《かいむ》ゆえである。

「養子縁組、受けてくれるわね?」

仁美が、期待の目で確認する。

「うん、ありがたく受けるよ。緋川さん、いいえ、お義父《とう》さん。よろしくお願いします」

笙也は素直に言い、改めて緋川に向かって頭を下げた。

「おお、さすが龍樹だ。言いかたってもんがあるよな」

緋川は上機嫌に戻り、大団円の手をパンと打った。

「俺たちはいい家族になるぞ。うちは大所帯だ。仁美は店をやめたら、しばらく体を休めるといい。ゆっくりしたあとは、我が家を守ってもらわんと」

「ええ。若い子たちの面倒も、しっかり見るわ。みんないい子だもの」

「これからは仁美に会いにわざわざ飲みに行かなくてすむ。晩酌《ばんしゃく》が楽しみだな」

緋川と仁美は、二人で築く我が家を思い浮かべ、視線をかわして頷き合う。

そうして家族顔合わせはうまくいき、一週間後に引っ越しを決行するスピード結婚の運びとなった。


ところが――。今朝一番で入籍をすませたあと、荷物をトラックに積んでいざ出発という段になって、仁美が倒れてしまったのだ。

当然のことながら、救急車で担《かつ》ぎ込まれたのは緋川家じゃなく、救急病院。

命に別状はなかったものの、夜型の仕事の負担が溜まっていたのだろう。絶対安静で、検査の結果しだいでは入院が長引きそうだという。

そんなこんなで、仁美が退院するまで先に笙也一人が緋川家で暮らすことになったわけなのだが……。

運転手つきの黒塗りの外車が病院に迎えにきた時はちょっと驚いた。けど、お金持ちはこれが普通なんだろうなと思った。

男子従業員を住み込ませる大所帯だと聞いていたから、いちおう心づもりもしていた。だけど、この出迎えの男たちは想像と違いすぎだ。

車が玄関前で停まると、スーツ姿の強面《こわもて》が走ってきてすかさずドアを開ける。当然といった顔の緋川は、悠々とした足取りで降りる。

独特な規律でもって従う人相《にんそう》の悪い男たちと、肩をいからせて「おう」と応える緋川の姿に、違和感がふつふつと沸く。

これによく似た光景を、どこかで見たことがあるような……？

緋川についてオドオドしながら玄関に入ると、真由がパタパタとスリッパを鳴らして廊下を駆けてきた。

「お疲れさま。大変だったわね、笙也くん」

夕飯のしたくをはじめていたのだろう。濡れた手をエプロンで拭きながら微笑む義姉《あね》に、やっと普通の家庭を感じてホッとした。

しかし、背後に控えた男たちの異様さは変わらない。

玄関のたたきは優に二間《にけん》ありそうな広さで、正面に龍と虎の絡む金箔《きんぱく》を散りばめた衝立《ついたて》が置かれており、上がりがまちは大理石といういきなり豪華な造りである。長い廊下の突き当たりは左右に分かれているようで、その手前に階段がなぜかふたつあった。

どこもかしこもピカピカに磨き上げられていて、純和風家屋の重厚さが際立つ。居間に案内される途中、襖の開け放された部屋をなにげなく覗いて、笙也は我が目を疑った。思わず足が止まって、室内をまじまじ見てしまった。

立派な神棚《かみだな》があるのは特に不思議ではないとして。目を引いたのは、『仁義』と大胆な墨筆《ぼくひつ》で書かれた大判《おおばん》の額。そして、壁に横一列に掛けられた提灯《ちょうちん》飾りだ。その提灯には、『慈流《じりゅう》組』の太文字が入っている。

「荷物、部屋に運んどきました」

ふいに、無愛想で淡々とした低い声が背後から聞こえて、笙也はギクリとして振り返った。

「おう、ご苦労」

緋川がドスのきいたトーンで労《ねぎら》いを返す。そこには、無愛想な声を上回る無愛想な表情の大男が立っていた。

「これ、徳《とく》さん。私の亭主よ」

真由が、男の肩を平手でパンと気安くはたく。

そうだった。顔合わせの挨拶で、真由は結婚していて夫と一緒に緋川の家に住んでいると言った。

しかし、『亭主』などと紹介する今時からかけ離れた言葉を聞いて、またしても妙な違和感が背中を這った。そして。

「どうも。徳田《とくだ》っす。若頭《わかがしら》やってます」

と無骨《ぶこつ》に自己紹介されて、硬直してしまった。

緋川と異様な男たち。普通の家庭ではありえないこの部屋。そして『若頭』というのが決定打《だ》。

どこかで見たような……？　と感じていた光景がなんだったのか、今度は即座に思い出した。

テレビや映画に出てくる、ヤクザの大親分の邸宅だ。

笙也はゴクリと唾《つば》を飲み込んで、恐る恐る口を開いた。

「あの、緋川さんのおうちは、ヤ……ヤクザさん……ですか？」

「なんだ、仁美から聞いてなかったか？」

衝撃の事実。肯定の返事である。

「仁美ちゃん、呑気《のんき》なとこあるから。きっと言い忘れてたのね」

「言うほどたいしたことでもねえさ」

父と娘は、顔を見合わせてカラカラと笑う。

いやいや、大事なことだ。重大だ。

緋川家は明治時代から続く由緒正しいヤクザの家柄。五代目となる剛三は昔気質の極道で、盃《さかずき》を分けた一家を多く抱える『慈流組』の組長なのだという。仁美はもちろんそれを知っていて、「家を守る」というのは姐御《あねご》となって組員たちの面倒を見るという意味だったのだ。

スピード結婚でバタバタしていたとはいえ、なぜ先に教えておいてくれなかったのかと眩暈《めまい》がしてしまう。

「俺は着替えてくるから、笙也は居間で茶ぁでも飲んで待ってろ」

緋川は、若頭で娘婿の徳田を従えて二階に上がっていく。

「知らなかったんじゃ、驚くわよね。でも誰も取って食《く》いやしないから、大丈夫よ」

そう言われても、本物のヤクザなんて街で遠目に見かけたことはあっても関わったことは一度もない。それが身内になってしまうなんて、もうどうしたらいいのやら。

「そこ、二階は真ん中で仕切ってあって、左の階段を上がると若い衆を住まわせてる部屋があるの。私たち家族は、右の階段から」

玄関を上がった時に、廊下の突き当たりに見えていた階段だ。なぜふたつあるのか不思議だったけど、家族の部屋と住み込みの男たちの部屋を分けていたのだ。

それなら、仁美が退院するまで持ちこたえられるかもしれない。バイトでもなんでも早急に仕事を見つけて、昼間はなるべく家にいないようにすればいい。夜になれば龍樹も帰ってきて、彼の顔が見られる。話ができる。あの低く落ち着いた声で説得力のある言葉を聞かせてもらえれば、ここの暮らしの中にも安らぎを見い出せるだろう。

「笙也くんの部屋も、右の階段を上がってすぐのとこ。隣は兄さんの部屋だけど、仕事が忙しくてめったに帰らないから静かよ」

笙也は一瞬首を傾《かし》げ、おもむろに瞠目《どうもく》した。

「か、帰らない？」

「本社の近くにあるマンションで一人暮らししてるの。帰るのは、せいぜい盆と正月くらいかしら」

「えっ」

盆と正月。ということは、今夜は龍樹に会えない。明日も明後日も。仁美が退院する頃になっても、龍樹はこの家に帰らない。

そんなばかな……と自分の声が頭の中でリフレインする。唯一の頼りである一条の光が絶ち消えてしまった。

ちょうど左の階段を降りてきた厳《いか》つい男が、笙也に向かって不器用に頭を下げて廊下を横切っていく。背後にある玄関の方向からドスのきいた話し声が聞こえてきて、ホラー映画でも見ている時みたいに笙也の心臓が飛び上がった。

「居間はそこよ。お茶を淹《い》れてくるから、適当にくつろいでて」

真由は、和の趣《おもむき》を設えたドアを指差して教え、急ぎ足で廊下を右に曲がっていった。その先に台所があるのだろう。

「ま……、あ……」

置いてかないで、と言おうとした口がもつれた。引きとめようとした手が、虚《むな》しく宙《ちゅう》をかいて落ちた。

龍樹はいない。ひとつ屋根の下でドキドキどころか、猛獣の檻に放り込まれて縮こまるウサギの境地だ。

廊下に取り残された笙也は、言葉もなくヘタヘタと膝をついた。

朝。着替えを済ませた笙也は、陽《ひ》を取り込もうと思い切って雨戸を開けた。

すると、音を聞きつけた若い衆が一斉に振り仰《あお》ぎ、庭掃除の手をとめて「ぉあよがぁっす！」と無骨に挨拶の頭を下げる。部屋から出ると、ハタキ、掃除機、雑巾《ぞうきん》がけをする面々から「あよがっす！」と元気なダミ声が飛んでくる。

彼らはなぜ普通に『おはようございます』と発音しないのだろうかと、不審に感じながら毎朝ビクついて一階に下りる笙也である。

とりあえず、一週間ほどすごしてみたけど、落ち着かない。

慣れれば『楽しい我が家』になるだろうと、思おうとはしたけれど、やっぱり一生かかってもこの環境には馴染《なじ》めないだろうと思う。

住み込んでいるのは、緋川に見込まれて教育中だという若い十数人。それと、番犬と呼ばれる腕っぷしの強そうな男たちの、合わせて二十人ほど。若い衆は朝食までの間、真由の台所を手伝う者と、屋内、屋外を掃除する班に分かれて邸宅をピカピカに磨き上げる。

朝食のあとは出かけていく者も多いのだが、とにかく人の出入りの激しい家で、昼を過ぎると組の中堅から幹部と思われる面構《つらがま》えも恐ろしいお方がひっきりなしに訪れる。陽も高いというのに酒を飲みながら緋川となにやら相談しては帰っていく。その間もお供《とも》らしきいかにもその筋の男たちが家の中をうろついていて、うっかり廊下で出くわしたりなんかすると息がとまりそうになる。住み込みの連中も強面《こわもて》のお供もそれなりに礼儀をもって挨拶してくれるし、危害を加えられることはないとわかってはいるのだけど、どうしても心臓が縮み上がってしまう。

今まで縁のなかった別世界の人たちで、なにしろ怖い。彼らとひとつ屋根の下にいるというだけで、恐ろしいなにかが常に背後に忍び寄っているような気がして、心が休まらないのである。

「はようござす」

廊下を曲がろうとしたところで、地の底から這い登ってくるような低い声に挨拶されて思わず身構えた。

ギクシャクして振り向くと、背後にヌウッと立つ無愛想な顔。

「あ、と……徳田さん。お、おはようございます」

中でも『怖い』の最《さい》たる男が、この若頭であり真由の夫でもある徳田だ。

背が高く、筋張った体つきに色黒の肌。頭頂部だけ少し長めにして刈り上げた厳つい五分刈り頭と、そしてギラリというかギョロリというか、まっすぐ向けてくる目つきにどうしても視線を合わせることができない。

人の目をまっすぐ見るのは、実直な人柄の表れなのかもしれないけれど……。

徳田の笑った顔をまだ一度も見たことがないし、あのドスのきいた声で若い衆をどやしつけているのを聞くと、関係ないのにこっちまでペコペコ謝りたくなるくらいの迫力の怖さがあるのだ。

「あらやだ、徳さんたら。それ昨日着てたシャツじゃない。洗濯に出しておいてって言ったでしょ」

洗濯機を回しにいくところなのだろう。台所から出てきた真由が、忙《せわ》しなく駆け寄ってくる。

「ほら、脱いで脱いで。笙也くんも、洗いものあったら遠慮なく出してね」

真由は、黙ってされるままの徳田の開襟シャツを手荒く剥ぎ取り、バタバタとスリッパを鳴らして洗面脱衣室に駆けていく。強引に脱がされた徳田の筋肉質な体に刺青《いれずみ》があるのを見て、笙也は硬直してしまった。

流行のタトゥでもアートなペイントでもない。肩から腕、背中にかけてびっしり描かれた、初めてお目にかかるいかにもヤクザの立派な彫り物だ。

上半身裸にされた徳田が、刈り上げの後ろ頭を所在なさげにポリポリとかく。

ふと、凝視している自分の不躾な視線に気がついて、笙也はなにかフォローしなきゃと強張る口を開いた。

「ま、真由さんにはすごく優しいんですね」

言ったとたん、深く考えない発言を後悔して焦《あせ》った。

「す、すみません。徳田さんが他の人に優しくないとかじゃ……。あっ、別に真由さんに、し、尻に敷かれてるとかいう意味でもなくて……っ」

今度は考えすぎて、よけいなことを言う口がジタバタともつれてしまう。黙っていたほうがよかったかもしれないのに、フォローしきれない状況に我が身を追い込んでいきそうで、背中に冷や汗が滲《にじ》んだ。

「いや、ほんと。ご、ごめんなさい」

徳田は無愛想な表情を変えず、ギョロリとした目を笙也に向ける。

「自分、極道っすから」

低くボソリと言うと、背を向けて二階へと階段を上がっていった。

その背中に描かれた般若《はんにゃ》が、怒りの形相でこちらを睨んでいるような気がして、笙也は膝が震えた。

つまり？　極道だからなんだと言いたいのか、さっぱりわからない。彼を怒らせてしまったのか、それとも彼はなにか冗談を言ったのか。どっちにしても表情から感情が全く読めないから、ジワジワと迫ってくる底知れない怖さがあるのだ。

これ以上ここにいたら、神経が消耗して胃に穴が開いてしまう。一生のトラウマになってしまうかもしれない。母が退院して一緒に暮らすようになっても、この環境に馴染める日はいつまでたってもやってこないに違いない。できるだけ早くこの家を出たほうが身のためだろう、と思う。

朝食のあと、笙也は縁側のリクライニングチェアでくつろぐ緋川に、オドオドと申し出てみた。

「あの……やっぱり俺、ここを出て自立しようかなと……」

「なんだ、急に」

緋川は湯飲みを持つ手をとめ、向かいの椅子に座れと笙也を促す。笙也は恐る恐る膝を揃えて座り、緋川の表情を窺った。

「若い連中がなにか無礼でもやらかしたか？」

「いいえ、みなさんにはとても気を遣っていただいてます」

慣れない大邸宅で大勢の強面の男に囲まれて、まるで体育会系のノリで過剰なほど気を遣われて、筆也もただひたすらオロオロと気を遣うばかり。はっきりいって、居心地が悪いのである。でもそんなこと、なにかとよくしてくれる緋川には言えない。

「ただ、いつまでも仕事が決まらなくて、家でブラブラしてるのは気が引けちゃって。せめて掃除の手伝いでもしようと思うんだけど、どこも人手が足りてて参加しづらいっていうか……」

「なんだ、そんなことか。掃除なんざせんで、のんびり絵でも描いてりゃいい」

「そうはいきませんよ。社会にも家にも貢献しないで絵だけ描いてるなんて、世間様《せけんさま》に申し訳ないです」

「男が細かいことを気にするな。筆也は俺の息子になったんだから、堂々としてろ」

筆也は建て前で説得を試みるけど、緋川は豪胆に言って渋茶《しぶちゃ》をすする。

「気にします。甘えすぎです。男ならもっと頑張らないと」

「おまえは頑張ってるさ。おとといも就職試験受けてきたじゃないか。それだけでも気概《きがい》があるってもんだ」

「でも、また落ちました……。だから、早急に採用決定を手にするためには企業の集中する都心に住んで、数撃ちゃ当たる方式でガンガン面接受けてですね、性格的に無理だと思って避けていた営業や接客も視野に入れて」

笙也は、思いついた言葉を早口で必死に並べる。実は、安アパートを探したところで僅かな貯金では一ヵ月も食べていけない。穴だらけの理由づけではあるが、ここはなんとか首を縦に振ってくれと心の中で祈る。

緋川はなにか考える顔で視線を笙也に据え、湯飲みをテーブルに置いた。

「そんなに働きたいなら、うちの会社にくるか？　接客ならいつでも募集してる。ここから車で通ってるやつがいるから、運転手つきで通勤も楽だぞ」

「え……っ」

思いもかけない提案に、笙也の建て前が崩れてしまった。緋川の会社といえば、主に金融と不動産。たぶん、きっと、その上には『悪徳』がつく。

それはとんでもなく嫌だ。この家で若い衆と顔を合わせるより、もっとビクビクしてすごすことになる。怖いお兄さんたちから逃げ出したいのに、職場でも家でも怖い人たちと一緒だなんて、ただでさえ消耗してる神経がブッツリ切れてしまうではないか。

「まあ、荒っぽいやつが多いから、笙也には向かないかもしれねえな」

緋川が、ニヤリと笑った。

「あ、はい。そう……ですね。はは……」

今のは冗談半分だったらしい。本気の提案ではないとわかって、笙也は密《ひそ》かに胸を撫で下ろした。

「じゃあ、龍樹に雇ってもらえ。でかい会社だから、仕事はいくらでもあるだろ」

「えっ、龍樹さんの会社？」

「ついでに、やつのマンションは広いからそっちで暮らすといい。そうとなったら、荷造りだ」

「や、そんな。だって、先に龍樹さんに了解もらわなきゃ」

「あいつには俺が電話で話つけといてやる。龍樹のとこなら、仁美も安心だろう。兄弟なんだ。遠慮すんな」

緋川は頼もしく言うと、まるで仁王立ちみたいなスタイルですっくと立ち上がった。

どうやら今度は本気のようである。これはまた、緋川の会社で働けという以上に予想外な提案。いや、決定だ。

困ったことがあれば相談に乗ると、家族の顔合わせの席で龍樹は言ってくれていたけれど……。

コネで入社させるうえに同居だなんて、快諾《かいだく》してもらえるのだろうかとドキドキしていた笙也だが、ＯＫの返事が出たのはほんの数分後。

豪胆な緋川は、なににつけてもやることが早い。戸惑う笙也はあれよという間に荷造りをさせられて、その日の夜には慌しく龍樹のもとに送り出されたのだった。

郊外に立つ緋川邸から都心にある龍樹のマンションまで、電車を乗り継いでだいたい一時間弱。車で送るというのを断ってメモを頼りに辿《たど》り着いた笙也だったが、そびえる高層建築を見上げて感嘆の声を漏らした。

いわゆる、タワーマンションというやつである。メモに書かれた3801号室という数字をぱっと見て、三階の八〇一号室だと思い込んでいた。でもよく考えてみたら、三階の八〇一号室なんてありえない。三十八階の一号室だったのだ。

クラブの雇われママをしていた仁美の収入はいいほうではあったが、背負った借金を完済したあとも贅沢せず、二DKの古びた安マンションでつつましく暮らしてきた。賃貸にしても分譲にしても、目の玉が飛び出るほど高額な都心のタワーマンションに住むのはどんな人種かと、天空の城みたいに思っていたものだが……。さすが龍樹だ。彼のように大成功したセレブが、この超高級で高層な城に住んでいるのだ。

パネルの前で、興奮気味になる胸を抑えて部屋番号を呼び出す。「ああ」という短い応答のあとに、オートロックのドアが開いた。

キョロキョロしながら踏み入ったエントランスホールは、夜も十時を過ぎているというのに照明が眩《まばゆ》く煌《きら》めき、観葉植物の緑を優美に照らす。ホテルのロビーのような瀟洒《しょうしゃ》なソファとテーブルがいくつか配置されていて、くつろぎを演出する空間に知らずホゥと呼吸がこぼれた。

エレベーターで最上階に上がると、心臓がしだいに早鐘を打つ。

義父の家が居づらいから義兄の世話になるというのも、申し訳なくて心苦しい。だけど今まで縁のなかった別世界の怖い人たちに囲まれて生活するより、どこからどう見てもヤクザとは思えない龍樹のそばなら、きっと心安らかにいられるだろう。社会人としても龍樹から学ぶことは多いに違いないし、ひと目惚れしてしまった憧れの人でもある。

それに、もしかしたら彼は緋川家の中でも異質な存在で、極道を嫌うがゆえに実業家という道を選んで家から離れたのかもしれない。

あの包容力のある優しい笑みで「よくきたね」と言ってくれるだろうか。低く穏やかなトーンで、また「笙也くん」と呼ばれたい。今度こそ、本当に、龍樹とひとつ屋根の下の生活がはじまるのだ。

彼の端整な顔を思い浮かべると、口元がだらしなく緩んでしまう。ニヤけてないだろうかと両手でほっぺたをペチペチ叩きながら、龍樹の部屋の前に立った。

大きく深呼吸して、期待に満ちた指でドアフォンを押す。数秒後、笙也は首を傾げて耳をそばだてた。

……なぜだか応答がない。

再度フォンを押して窺ってみたが、鍵を開ける音もドアが開く気配も聞こえてこない。

留守なのか？　という不安が一瞬よぎったけど、荷物は徳田の指揮で先に運ばれているはずだし、パネルの呼び出しに応じた声は確かに龍樹だった。

再々度フォンを押し、ちょっとの間のあとさらにもう一回押して、耳をドアにくっつけてみた。と――。

「うるせえ！」

という怒号と同時に勢いよくドアが外に開いて、吹っ飛ばされた笙也は床に尻餅《しりもち》をついてしまった。

「いたた……」

腰をさすりながら顔を上げると、そこにはジロリと見おろす龍樹が手を差し伸べようともしないで立っている。シルクパジャマのズボンに、首にタオルをかけた上半身は裸。水の滴《したた》る胸元や腕、濡れ髪も艶やかだが、眉間に刻んだしわが別人みたいに険《けわ》しくて我が目

を疑った。

飛ばされた衝撃でチカチカする頭の中で、『うるせえ！』という強烈な怒号がグルグル回った。今怒鳴ったのはいったい誰だ？　と怪訝に思う。しかし彼の他には誰も見当たらないから、信じられないことに、いや、信じたくないことだが、怒号は龍樹の声ということになる。

「す、すみません。入浴中でしたか。あの……、急にお世話になることが決まって、ご迷惑かと思いますが……」

想像から大きく外れた驚きの出迎えで、それでも笙也はたどたどしいながらも懸命に笑顔を作った。ところが、龍樹は舌打ちまじりで。

「ったくだぜ。仕事から帰ったばかりだってのに、荷物だのなんだの押しかけてきやがって。ゆっくり風呂にも入ってられねえ」

忌々《いまいま》しげに言い放つ。またも信じられない雑言を浴びせられて、笙也の懸命の笑顔が張りついた。そして。

「湯冷めする。さっさと上がれ」

先に立って奥に入る彼の背中に刺青があるのを見て、靴を脱ぎかけた格好のまま硬直してしまった。

水滴の煌めく引き締まったその背に彫られているのは、宝珠を握って天駆ける猛々しい龍。鋭い眼光が空を睨み据え、色鮮やかな体をくねらせる。燃え盛る炎から雲の中へと昇っていく勇壮な図柄だ。徳田の般若も怖かったけど、これは恐ろしいばかりかまるで支配者のオーラを凝縮して彫り込んだような、他を圧する強さが嫌というほど迫ってくる。

「なにやってんだ。モタモタしてんなボケ」

地獄の底から湧き上がるような不機嫌な声に、答えようとする笙也の口元が引きつった。

「は……、はいぃ」

たったひと言の返事なのに、歯がカタカタ鳴って声がうわずる。

緋川邸に越してから、今日までの一週間。怖い人々を前にして、何度身を強張《こわば》らせたことだろう。

義父の思わぬ提案でヤクザの屋敷から逃げられたのに……。これからは、社長然とした品格ある憧れの龍樹のそばで、心安らかに暮らせると思ったのに。

期待に心ときめかせる笙也を吹っ飛ばして迎えたのは、極道映画に出てくるようなどこからどう見てもヤクザな男。野獣という形容がぴったりくる、まさにヤクザそのものの言葉遣いや動作で、名を表す立派な刺青まである。

いろいろ衝撃すぎて、逃げる気力も萎《しぼ》んで忘我《ぼうが》の境地《きょうち》だ。

「で、俺の会社で働きたいって？」

龍樹は風呂上りの缶ビールを飲みながら、三十畳はありそうなリビングのソファにどっかと腰かけ、濡れた髪をタオルでわしわし拭く。

笙也は着席を勧められないまま、居心地の悪い思いで「はい」と蚊の鳴くような頼りない声を発した。

「なんだ、その返事は。やる気あんのか、おまえ」

笙也の肩が、ギクリと跳ねた。顔合わせの席ではあんなに優しく頼もしく「笙也くん」と呼んでくれたのに、威丈高《いたけだか》な「おまえ」呼ばわりである。

「あ、あります。雇っていただけるなら……が、頑張り……ます」

「ふうん？」

龍樹は、立ちつくしたまま縮こまる笙也を、頭のてっぺんからつま先まで見てふふんと鼻先で笑う。

「職探しのために都心に越したいとか言ってたそうだが、おおかたヤクザもんの家が怖くて逃げ出したんだろう」

「いえ、う……はい」

おっしゃるとおりである。穴だらけの建て前は、龍樹にはバレバレだ。

「親父の頼みだから雇ってやるが、使えねえやつはすぐクビだ。転がり込んで無駄メシ食らう厄介者《やっかいもの》もいらねえ。肝《きも》に銘《めい》じとけ」

「は、はい」

怒鳴り声ではないけれど、ドスのきいた言い回しに身が竦《すく》む。

「あの……俺の仕事は、なにを……」

「そうだな。朝までに考えといてやる。絵を描くなんて女々《めめ》しいことはやめて、明日からは身を粉《こ》にして働いて使える人間になれ」

顔合わせの席では『自分に合った仕事を探せ』と励ましてくれたのに、その同じ口で、同じ魅惑の低音ボイスなのに——。なにか悪いものに憑依《ひょうい》されてるんじゃないかと思いたくなるくらい、ぞんざいな言いようだ。

やっぱり他で仕事をみつけて一人暮らしすると撤回したくても、そんなことを言ったらまた怒鳴られそうで、とてもじゃないけど口にできない。

今となっては、緋川家の住み込み衆のほうが、組長の息子として気を遣ってくれるぶんマシだったかもしれないとさえ思えてくる。

「ビール」

「は……？」

いきなり言われて、思わず訊き返す。

「ビールのお代わり取ってこいっつってんだよ。気がきかねえな」

龍樹が、空《から》になった缶を大柄に振って見せた。

「あっ、はい。ビ、ビールですね」

笙也はぴょんと飛び上がり、慌てて冷蔵庫を探して駆け出した。

「おい、待て待て。こっちだ、こっち」

開け放したガラス戸の向こうにキッチンがあるのは、ひと目でわかる。しかし呼び止められて振り向くと、龍樹が右手の方向を鷹揚《おうよう》に指差していた。示す先を見ると、そこには小さな洒落《しゃれ》たバーカウンターがある。壁に造りつけたバックバーには様々な種類のボトルが並んでいて、埋め込み冷蔵庫と思しきドアもあった。

「おまえも好きに飲んでいいぞ」

「ありがとうございます。でも、あまり飲めないんで」

勧めてくれるなんて、ちょっとは優しい面影もあるじゃないかと期待したが。

「酒の相手もできないのか。クソつまんねーやつだ」

また舌打ちまじりで言われて、しかも『クソ』つきの汚い言葉で、やっぱり優しくなんかなかったと肩を落とした。

極道を嫌って家から離れたなんて想像したけど、それは全くの間違い。ヤクザはどこまでいってもヤクザだったのだ。笙也は幻滅を一足飛びに通り越して、もうどうにでもなれといったあきらめに近い心境に陥ってしまった。

冷蔵庫を開けると中にはビールがズラリと並び、他にはレーズンバターのスティックやチーズ、生ハムなどのつまみ類もある。洋酒、日本酒、発泡酒まで取り揃えられたバックバーといい、冷蔵庫に詰まったビールといい、真由が言っていたとおり緋川を越えるかなりの酒豪だ。いったい一晩でどれだけの量を飲むのかと想像すると、他人の体ながら健康が心配になってしまう。

「種類がたくさんあったけど、これでいいでしょうか？」

好みがわからないので、龍樹が空にしたものと同じ銘柄を選んで差し出した。

受け取った龍樹は片手でプルタブを引き開け、半分ほどをひと息に喉に流し込む。その長い指の動きを見て、笙也の胸がトクンと音をたてた。ギクリでもビクリでもない、ときめきの鼓動である。

何度見ても、比率のよいきれいな手だ。ヤクザだろうが極悪人だろうが、絵になる彼の容姿には心が惹かれる。黙っていれば初めて会った時と変わらない秀麗な龍樹なのに、と残念に思う。

気持ちに僅かずつ余裕がでてきて、笙也は視線でぐるりとリビングを見渡してみた。

緋川邸ではあちこちから聞こえるダミ声に怯《おび》え、廊下の角で若い衆に出くわしては飛び上がっていた。でもここに住んでいるのは龍樹だけなので、背後の声や気配にビクつくことはないだろう。そう考えれば少しは気が楽かもしれない、と自分を励ます。

広いリビングには大型テレビとオーディオ、機能美を感じさせるすっきりしたデザインのキャビネットなどがバランスよく配置され、窓には淡いオレンジとブルーを層にしたグラデーション模様のロールスクリーンがかけられている。天井から降り注ぐＬＥＤ照明の白色と、壁の空間を照らすライトの温色が、不思議なほど緩やかに融け合う。寒と暖の対比をうまく調和させたスタイリッシュなコーディネイトは見事だ。

でもまさか、他の部屋に提灯《ちょうちん》とか『仁義』とか書いた額はないだろうな――。なんてことを考えながら、ふと窓際にキャットタワーが置いてあるのを見て、強張っていた笙也の口角がほころんだ。

「ねこ、猫いるんですか？」

高さが二メートル近くはありそうな立派なタワーで、ポンポンボールやススキのおもちゃも転がっている。ワクワクして周囲を見回すと、龍樹が顎をしゃくるような仕種で視線をテーブルに向けた。

　思わずしゃがみ込んでテーブルの下を覗くと、つぶらな瞳の猫とばっちり目が合った。

「うわ、可愛い！　名前は？」

「銀次《ぎんじ》」

「銀次……ちゃん。銀ちゃん、おいでおいで」

　猫とはいえ、よそ様の子を呼び捨てするのは悪いような気がして、ちゃんづけで呼んでみる。名前からして、男の子なのだろう。可愛がられて育っているのを体現している栄養の行き届いた体と、まん丸な顔。そしてつやつやの毛並み。箱座りでじっと見つめてくる姿は、『可愛い』以外に表現がない。

「人見知りしてるのかな。銀ちゃん、ちょっとでいいから撫でさせて」

「ケツ向けて、興味のないフリしてろ。静かにしてれば、そのうち匂いを嗅ぎに出てくるから」

「ケ、ケツ？」

　言われたとおり、正座の格好で銀次に背を向けてみる。

「猫が好きなのか」

「大好きです。猫を飼うのが夢だったんだけど、壁の薄い安マンション住まいだったからペット禁止で」

などと話しているうち、正座のつま先にフンフンと銀次の鼻が触れた。振り返ってそっと手を出してみると、掌に鼻をくっつけてグイグイと臭いをかいでくる。人差し指でこちょこちょと喉を撫でてやると、今度は興味深々といったふうに笙也の膝に前足を乗せ、首を伸ばしてさらに胸元をかぎまくる。顔を近づけてみたら、鼻先に銀次の小さな鼻がちょんと触れた。

「うふ、冷たい」

「ほお？　笙也が気に入ったらしい」

「嬉しいな。よろしく、銀ちゃん。何歳ですか？」

「そろそろ二歳になる。下のゴミ置き場に捨てられてたんだ」

「捨て猫？　こんなきれいな子なのに。アメリカンショートヘアーって言われても納得しちゃうくらい、模様が整ってて毛並みもサラサラのフワフワ」

お世辞じゃなく、本当に手入れの行き届いたきれいな猫だ。龍樹はビールの残りを飲み干すと、缶をテーブルに置いて得意げに言った。

「そうだろう。頭がいいし、見るからに品があると思わねえか？　拾った時はボロボロだったが、洗ったら見違えるほどの美猫になった。シルバータビーってやつだぜ」

つまり、サバトラ模様の和猫である。ペット自慢する龍樹の表情から、不機嫌なようすがコロリと消えた。言葉遣いと態度は変わらず最悪だけど、なんだか微笑ましいくらいの親バカぶりだ。

「仔猫の時の銀ちゃんも見たかったなあ。俺でも世話できるかな」

「猫トイレの掃除なら、やらせてやってもいい」

「ごはんもあげたいです」

「まあ、いいだろう。こいつはドアフォンが鳴ると警戒して隠れちまうんだ。こんなに早く出てくるのはめずらしいことだからな」

「あ、そうだったんですか。何回も鳴らして怖がらせちゃったね、ごめんね銀ちゃん」

「銀次がおまえを嫌がったら追い出してやろうと思ってたが、賢いから無害なやつだと見抜いたんだよなあ。うまくやっていけるなら、世話係も兼ねて居候《いそうろう》させてやる」

「ええ。もう仲良くなれましたよ、ほら」

そう言って抱き上げてみせると、銀次はふにゃりとした体を笙也の胸に預け、ゴロゴロと喉を鳴らしてくれた。

居候なんて言われるとちょっと肩身が狭いけど、初めてのペットライフは楽しみだ。エサをあげたりじゃらしたり、一緒に寝たりするのを想像しただけで癒される。

玄関を開けた時の龍樹が不機嫌そうに怒鳴ったのは、ドアフォンを四回も鳴らして銀次を怖がらせたからなのだろう。迷惑がられているのかと萎縮してしまったけれど、これなら銀次を挟んで二人と一匹の平穏な暮らしができるかもしれない。

筆也に抱っこされていた銀次がひらりと床に飛び降り、「うにぃ～っ」と背中を伸ばして気持ちよさそうに大あくびをした。くつろいでくれている姿だ。

「仕事も、銀ちゃんの世話も、頑張ります。よろしくお願いします」

筆也は座ったまま、改めて頭を下げた。

「おう、しっかりやれ。おまえの荷物は、とりあえず部屋に運ばせておいた。こっちだ」

龍樹が悠々と立ち上がり、洗い髪をタオルで拭きながら廊下に出ていく。

その背に彫られた龍を見て、またビクリと縮こまってしまった。能天気に忘れかけていたけど、この人は慈流組を背負う極道なのだった。目に焼きついたこの畏怖《いふ》は、いつまでたっても消えることはなさそうだと、ため息まじりに刺青から目を逸らす。

「外観も大きいけど、間取りもゆったりしてるんですね」

龍樹の大きなストライドに合わせ、筆也は上下左右キョロキョロしながら速足で横に並んだ。

入った時は余裕がなくて気づかなかったが、男二人が並んで歩ける廊下とはゆったり設計の域を超えている。天井も高くて、外国の高級マンションかと思うような間取りだ。玄関からリビングまでの間に部屋がふたつとトイレがあり、L字廊下を曲がったところにさらにトイレとバスルームと、部屋がふたつ。奥のひとつは、ドアの配置からして他の部屋より広い主寝室だろう。高級タワーマンションの、最上階の四LDKだなんて、笙也の予想を超えた贅沢さ。

家具や装飾品を見てもわかるが、裕福な暮らしぶりがつぶさに窺える。そのひとつが、壁の突き当たりに飾られた大判の絵画だ。

笙也は、思わず触れようとした手を慌てて引っ込め、感嘆の声を上げた。

「すごい！　この特徴的な線と色使いと、サイン。ニューヨークの現代アーティスト、ジョン・モアだ」

「ああ？　そういえば、そんなような名前のやつだったかな」

笙也の興奮をよそに、龍樹はそっけなく返す。

「アメリカを代表する新進気鋭の若手じゃないですか。この作品も雑誌で見ました。発表前に買い手が決まったってインタビューに書いてあったけど、龍樹さんだったなんて」

「俺は絵にも画家にも興味はねえ。仕事でニューヨークに行った時に紹介されて、つき合いで買っただけだ」

「あ……そうなんですか」

笙也はガクリと肩を落とした。龍樹に鑑賞眼があるなら話が合うかもしれないと期待したのだが、ヌカ喜びだった。

「この部屋だ。ちっと狭いが、不自由はないだろう」

案内された室内に入って、笙也は目を瞠った。

畳にして八畳ほどはあるだろうか。身の回りのものだけ持っていけばいいと言われてはいたけれど、ベッドとデスクと、調度品などがホテル並みに整えられた寝室だ。

「全然、狭くないですよ。こんな立派な部屋を使わせてもらえるなんて、申し訳ないくらいです」

「そうか。しかし、クローゼットとチェストが小さめなんだ。他に必要な家具があればオーダーしてやる」

「充分です」

「遠慮すんな。出世払いにしといてやるぞ？」

「そ……いや、借金はしない主義なんで」

冗談を言われたのか、ちょっと判断がつかない。笙也がお愛想笑いを浮かべて言うと、龍樹はわははと豪胆に笑い返した。買ってもらおうとは微塵《みじん》も思っちゃいないけど、出世払いで貸してくれるなんて、器《うつわ》が大きいんだか小さいんだか……。

　さっそく衣類を片づけようと、積み上げられたダンボール箱を開ける。いつの間についてきていたのか、銀次がするりと箱の中に入り込んで、モゾモゾと服に潜ってちゃっかり落ち着いた。

「銀ちゃん……。普段着だからいいけどね」

　満悦《まんえつ》そうに居座る姿が可愛くて、顔がデレッと緩んでしまう。その箱は後にして脇にずらし、次を開いた。

　その横から龍樹が手を出し、中身を引っかき回してはベッドに放り出していく。

「地味で安っぽい服ばっかだな」

「ちょっと、収拾つかなくなるからやめてくださいよ」

　笙也が抗議するのもかまわず、他の箱も開けては我がもの顔で中身を手に取り、乱雑にぽいぽいと戻す。片づけを手伝ってくれてるわけじゃなく、単に興味で次々に荷物を引っ張り出して見ているだけなのである。きっちり収めていたものが、箱から溢れてごちゃごちゃだ。

「こっちは絵の道具。おまえ、趣味は？」

「絵を描くことです」

「ふん。将来の夢は」

「絵を描いて暮らすことです」

「つくづく、つまんねえやつだぜ」

だから、俺には絵しかないんだと前にも言ったじゃないかと、笙也は返事をあきらめてぶちぶち胸の中で思う。

「これはなんだ？　ずいぶん厳重だが」

龍樹はガムテープを厳重に貼ってあるダンボールの小箱を乱雑に開き、中身を引っ張り出すなりケッと笑い声を上げた。

「見かけによらねえな、おい。こんな面白いものも持ってんじゃねーか」

肘で背中をドンと小突かれて、ゲホゲホとむせてしまう。振り向いた笙也は、龍樹の手元を見て思わずギャーッと叫んだ。

「そっ、それはっっ」

大学時代にこっそり買った、ゲイＤＶＤだ。

恋愛傾向を自覚したばかりの頃、自分が同性になにを求めているのかと少しばかり悩んだ時期があった。好きな人の顔を思い浮かべるのは、胸が温かくなって絵筆も進んで楽しい。だけど、身体的な昂揚感が希薄で、恋愛感情に必ず存在するはずの熱く淫らな欲求というものがほとんどない。当然のことながら精通してるのに、なぜか即物的な妄想に繋がったことがないのである。

　それはもしかしたら触れ合う方法を知らないせいではないかと考え、試しに実践的な知識を得てみようとＤＶＤを通販してみたのだが……。

　同性との関係が発展したその先の行為に、興味もあった。しかし、無知ゆえに適当にチョイスしたそれらは、初歩的な合体からマニアックなプレイまでの五本組セット。実践的どころか現実離れしすぎ。あまりにもショッキングな内容にげっそりして、『好きな人のことは密《ひそ》かに想って見てるだけでいいや』と、ゴミ捨て場に出すのも恥ずかしくて、封印したまま忘れていたものだった。

「なになに？　『縛って犯して寸止め昇天』『巨大〇〇〇乱舞空《から》っぽになるまでイッちゃって』だと。ウブそうな顔してこんな趣味があったとは」

　タイトルを読み上げられて、笙也は脂汗をたらして口をパクパクさせる。

「ちが……ちが……」

　嘘をつくのが苦手なもので、とっさのごまかしが思いつかない。

「こっちはまたずいぶんディープだ。強姦プレイと道具が好きなのか」

「違う。それは……友達に借りて……」

「そうか。ダチといつもこんなことやってるのか。愛用の道具もあるんだろ、見してみ」

「ないです！　ご、誤解ですっ。それ、いらないから。捨て忘れてただけだから」

　耐えがたい誤解の数々で、汗の噴出す顔面が赤くなったり青くなったり。ＤＶＤを奪い返そうと、焦りまくって手を伸ばした。ところが、龍樹がＤＶＤを持つ手を高く掲げたもので、乗り出した体勢が崩れてつんのめってしまった。

　その体が龍樹の腕に抱きとめられ、ひょいと肩に担《かつ》がれた。

　わけがわからず「なんで？」と思う間もなく、龍樹はスタスタと廊下に出る。

「俺も道具は持ってないが、レイプごっこなら相手になってやれるぜ」

「え？　なにっ？　なに言ってるんですか」

　突然なにを言い出したのかと耳を疑って、笙也は龍樹の肩から降りようと焦った。しかし、ジタバタする両足を抱え込まれて、向かいにある龍樹の寝室に運ばれてベッドに投げ出された。

　笙也に提供された部屋の倍はありそうな広さで、スプリングのきいたダブルサイズのベッドだ。

「縛って犯して、空っぽになるまで何回もイかせてやる」

　龍樹はニヤリと笑い、笙也の両手を頭の上でまとめて押さえ、サイドテーブルに視線をやる。

「うそ……」

あろうことか、ライトスタンドのコードで両手首をグルグル巻きに縛られて、ベッドへッドに拘束された。

「や、やめてください。やめて」

身をよじって抵抗すると、平手が笙也の頬をパンと打った。

「暴れると痛い目見るぞ」

シャツを乱暴に開かれて、ちぎれたボタンが弾《はじ》け飛んだ。

彼は本当にやる気なのだ。迫る貞操《ていそう》の危機をリアルに感じて、笙也の顔が蒼白になった。

「嫌だ。は、初めてでこんな恐ろしいこと……っ」

「ノリノリだな。バージンを踏みにじられる設定か」

「ちがーうっ。レイプも道具も嫌いだ。龍樹さんは誤解してる」

大事に守ってきたわけじゃないけど、いろいろ誤解されたままレイプごっこで初体験なんて嫌すぎる。

「ほどいて！　離して！　ほんとに、こんな……したことないんだ」

「うるせえ。おとなしくしろ」

龍樹は首にかけていたタオルを外《はず》し、笙也の口に押し当てて頭の後ろで結び、さるぐつわにした。

「あとで下の口も塞いでやるぜ。俺のアレで」

「う……ぐぐ……ぅ」

鼻まで塞がれて、全力でもがくと呼吸が苦しい。叫ぼうとする声が、タオルの中でくぐもった。

聞く耳持たない彼は、笙也の訴えなどどうでもいいのだろう。バージンが事実だろうが設定だろうが、面白ければそれでいいのだ。

下着ごとズボンを脱がされて、慌てた笙也は足を縮めて股間を隠した。かいもなく、曲げた膝をつかまれて左右にめいっぱい割り開かれ、恥ずかしい全貌が龍樹の前にさらけだされてしまった。

「遊んでるとは思えないほどきれいな色だ」

膝裏を大きく押し上げると、龍樹は羞恥と怯えで縮こまった笙也の陰嚢《いんのう》を舐《ねぶ》り、舌先を秘めた箇所に差し込んでくる。

「ずいぶん固い。ご無沙汰《ぶさた》だったのか？」

違う。遊んでもなければ、ご無沙汰でもない。そこは一度も使ったことがないのだ。

「いきなり突っ込んで犯《や》りまくるのもいいが、セックスで流血沙汰《ざた》はしらける。ほぐしてやるから、ありがたく思え」

恩を売るくらいだったら最初からやるなと言ってやりたいけれど、口が塞がれてて言葉にならない。

龍樹は膝の上に笙也の腰を乗せ、両足を脇に下ろすと憐れに竦《すく》む男性器を無常に握り込んだ。

「んぁ……っ」

笙也の背中が、ビクンと反り返った。

片方の手で竦む陰嚢を掌に包んで強く揉みしだいてはつねって弄《もてあそ》び、もう片方の手ではクニャクニャの茎を強引に摩擦する。

無理やり露出させた先端を乱暴に擦られて、デリケートな部分がすりむけそうで歯を食い縛ってしまう。痛くて恥ずかしくて、目尻にうっすらと涙が溜まった。

タオルの下でくぐもる声が「やめて」と叫んだ。けれど、龍樹の耳には入らない。聞こえたところで、いたぶる手をとめてくれはしないだろう。

「乳首責めはどうだ？　ＳＭがやりたければ、洗濯バサミで代用してやるぞ？　あと、安全ピンもある」

「う……う？」

そんなものをなにに使うのかと疑問に思ったけど、奇怪な道具でいたぶるDVDの映像を思い出して震え上がった。乳首を挟んだり針を刺したりして、Mが苦痛の快感にむせび泣くのである。

それは嫌だ。これ以上痛いのは絶対に嫌だ。笙也は力のかぎり身をひねって、首をブンブンと横に振って拒否を伝えた。

「お気に召さないか。じゃあ、ここの集中攻撃でいこう」

言うと、龍樹は片手で茎《くき》を握ったまま、袋を弄んでいたほうの手をスルリと下ろす。窪《くぼ》みを探る指先がズイと入り込んできて、笙也は声にならない悲鳴を上げた。

性急に指が増やされ、焼けつくような痛みと掻痒感《そうようかん》に襲われて、笙也は苦痛から逃れようと必死に身をよじった。

だが、両手を縛られていては逃げられるはずもなく、体勢を変えることもできずに大股を開かされた下部は弄《いじ》られ放題。

中と外の摩擦でお腹と腰が熱を持ち、ジクジクと不快に疼いた。痛みに慣れると内部の一箇所がおかしな痙攣《けいれん》を起こし、言葉では言い表せないような感覚が湧いて全身を粟立《あわだ》たせた。

「勃《た》ってきた。なかなかいいぞ。好みの形だ」

龍樹が、笙也の脚の間を見おろしながら舌なめずりする。

笙也はびっくりして自分の下腹に視線を向けた。

そこにあるのは、今にも完成しようと勃ち上がる快感の形。気持ち悦《よ》い自覚なんかなかったのに、こんなことになってるなんて自分の体が理解できない。屹立《きつりつ》と射精を促すスポットがあるらしいのは、うろ覚えの記憶にあったけど、本当にこんな簡単に反応するなんて愕然としてしまう。

「こっちもだいぶほぐれた。そろそろ挿《い》れるぜ」

龍樹はすっかり勃ち上がった幹を解放し、窪みから指を引き抜いた。シルクのパジャマを脱ぐと、笙也のものよりずっと大きく張った隆起を取り出した。

「ううっ！　うあぁ」

無理やり勃たされた幹が、一気に萎《しぼ》んでいった。そんなものを入れられたら裂ける。死んでしまう。物理的に見て絶対無理だ。

笙也は懸命に足をバタつかせ、抑えようとする龍樹の手をすり抜けてどうにか膝を揃えて曲げた。反動をつけて思い切り蹴り出すと、片足が龍樹の肩をかすめ、もう片方の足裏が胸元にヒットした。

しかし、一瞬の抑止力にしかならず、僅かに身を反らした龍樹が愉快そうに笑った。

いやらしげに、悪役然とした顔で。

「嫌がりかたが迫真の演技だな」

だから、違う！　演技じゃなく本気で抵抗しているのだ。そう訴えたい声が、タオルを噛まされた口の中で虚《むな》しくこもった。

龍樹はベッドを降りると、クローゼットからバスローブの紐を二本引っ張り出して戻ってきた。

なにをするのかと怯《おび》えて見ていると――。片方の膝を紐で括《くく》って深く折り曲げさせ、その紐のはしをベッドヘッドに結びつけた。

拘束を強化するつもりなのだ。

もう片方の膝にも手が伸びてきて、させるものか！　と笙也は足を振り上げて必死に抵抗した。けれど、体格と力で負けてるうえに、どうしたって体勢が不利。容易《たやす》く捕まって縛られてしまった。

コードでグルグル巻きにした両手を頭の上で拘束され、開脚した両膝を高く引き上げて固定されて、もう身をよじることさえできない。腰が浮いて、開いた秘所が天井を仰いでしまうという、強引に挿入待ちを課せられた屈辱的な格好だ。

龍樹は、笙也の脇に片手をついて隆起を寄せてくる。冷気にさらされた窪みに、固く熱い突端が押し当てられた。

「んんっ、んーっ！　んーっ！」

笙也は喉が張り裂けそうなほど声を振り絞り、頭を激しく振った。

振りすぎて血管が切れるんじゃないかと思ったけれど、かいあってタオルが緩んだ。

「んぅ……ぷはっ」

さるぐつわが口元から外れて、息を吐き出すとすぐに大きく吸って悲鳴を上げた。

「やだ！　嫌だっ、やめてーっ！」

腰が重量感にグイグイ押し上げられる。龍樹の塊は、笙也の襞を無理やり広げながら無体な侵入をはじめていた。

「裂ける、怪我する。お願いだから抜いて」

「おまえのケツは、もう俺のものだ。あきらめろ」

無情に言い放たれても、そんな簡単にあきらめられるわけがない。抵抗する箇所がきつく締まって引きつるように痛む。挟まった感触がぐんぐん面積を広げていって、聞き入れてもらえない強引な挿入は恐怖でしかない。

「いたっ……、痛い。痛いぃ」

動かすことのできない体を必死に身じろがせるたび、手首にコードが食い込む。下は引きつれの痛みと圧迫感で苦しいが、こっちも皮膚がすり切れそうに痛いのである。

半分ほど入ったところで、異物を排出しようとする内壁が龍樹の隆起を押しとめた。

龍樹は侵入の力かげんを緩め、笙也の太腿をペンと叩く。

「こら。なんで押し戻す」

「い、意識してやってるわけじゃ……。でも、そしたら……やめましょう。でっ、出てください」

途切れがちになりながらも、笙也は努めてお願い口調で訴える。

「ふざけるな。ここまできてやめられるか」

「ぅああっ。ああっ」

奥を目指す侵入を再開されて、また苦痛の叫びを上げた。

「きつすぎて、俺もブツが痛いぞ」

「も……やめて。無理」

開いた足を紐で引っ張って深く折り曲げられたスタイルで、ただでさえ内蔵や胸が圧迫されて苦しい。そこに持ってきて、怯えと緊張できつく閉じた内部に棍棒みたいな熱塊《ねっかい》をねじ込もうとしたって、そう容易く入るものじゃない。

龍樹はまた動きをとめ、首を傾げて笙也を見おろす。

「おかしい。きつすぎる。……おまえ、バージンだったのか？」

笙也は、涙の滲む目で龍樹を見上げて何度も頷いた。

「なんだ。それならそうと言えば、少しは優しくしてやったのに」

「だから、最初に言ったじゃないか。タ……タオルなんかで口を塞ぐから……」

今ごろなにをほざくかと罵倒《ばとう》してもやりたいが、やっとわかってもらえたことのほうが嬉しくて、気が緩んでホロホロと涙がこぼれた。

ところが、これで終わりにしてくれると安心したのも束の間。

「初モノは消化不良を起こしそうで敬遠《けいえん》してたが、思ったよりいいな。面白い」

耳を疑うような言葉を聞いて、泣き濡れた目を見開いた。

龍樹は、笙也の体内に挟まったままクックッと喉を鳴らし、紐とコードを解いて湧き出すように低く言う。

「突っ込まれてかき回される悦《よ》さを、そのまっさらな体に教えてやる。死ぬほど感じるから、覚悟しろよ？」

拘束から解放された笙也は、力なく手足を投げ出した。

悪魔が言ったとしか思えない残酷なセリフだ。やめてくれと訴えても、楽しまれるばかりで通用しない。言葉が通じていないかのように弾《はじ》き返されてしまう。圧倒的な腕力と体格差に押さえつけられて、どんなにもがいても逃げることはできないのだと思い知らされるばかり。

もはや抗《あらが》う気力も、体力も、蹴散らされて儚《はかな》く消えた。ヘビに睨まれたカエル。もしくは、猫科肉食獣の前で竦む小動物。この家に入った瞬間から、彼の理不尽な支配下に置かれてしまっていたのだ。

「力《りき》むなよ。ゆっくり呑んでいけ」

「う……」

龍樹が腰を押し進めると、熱く張った重量がギチギチと埋め込まれてくる。

絶対に入らないと思っていたのに、内壁がしだいに順応していくのがわかる。軋《きし》みながらもその形と熱を感じ取り、少しずつ奥へと迎え入れていく。脱力した体は、不思議なくらい痛みが軽減していた。

それでも初めて体験する挿入の恐怖は消えない。鼓動が不穏に乱れて、息がとまりそうになる。笙也は眉根を寄せ、『たいしたことじゃない。たいしたことじゃない』と、苦しい呼吸の下で何度も唱えた。

ほんの十数秒のことが、何時間もの責苦《せめく》に感じられた。やがて、割り入る動きがとまって突端が最奥に到達すると、笙也の尻と龍樹の下腹がピタリと密着した。

「やればできるじゃないか。ほめてやるぞ」

龍樹は、ご褒美だと言わんばかりに笙也の萎れた幹を掌に包んだ。

「あっ……っ」

体の中に埋まった硬質な感触が生々しい。上下のストロークと同時に過敏な先端を弄られて、萎れていた幹が急激に勢いを盛り返していった。

こんな強引な情況でどうして勃ってしまうのだろうかと思うけど、隠しようのない形を顕《あら》わにしているのは動かぬ事実。

「感じてるな。中がどんどん熱くなっていく。すごい勢いで俺を揉みくちゃにしてるのがわかるか？」

「ふ……やぁ……あ」

いかがわしい囁きを落とされて、笙也はシーツをきつく握りしめた。『感じてる』という淫靡《いんび》な言葉に反応して、お腹の奥でうごめくなにかが熱をあげて体中を巡った。

言葉にして言われて、我が身に起きている変化をはっきり意識する。とたん、引きずり出された官能が笙也の怯えを融《と》かした。

呼吸を奪われるような苦しさは、不規則に吐き出す喘《あえ》ぎのせい。妙な疼きも、痛みさえもが、屹立を促し射精へと誘う快感だ。

「は……んぁ、あ……っ」

龍樹は密着した下腹で笙也の腰を押し上げ、ゆるゆると揺らしながら屹立を扱《しご》く。溢れ出した先走りの露《つゆ》を指に搦めると、力を加えてさらに上下の摩擦を速めていく。

攻められる屹立がクチュクチュと淫猥な音をたて、これ以上ないというくらい固く張って膨れた。

「きつくてこっちがもたない。そろそろいくぜ」

うなるように言って龍樹は腰を引き、隆起が抜ける寸前のところで動きを一瞬とめ、ひと息に笙也の体内を貫いた。

「やああっ！」

笙也の唇から、痛みと官能の入り混じった悲鳴がほとばしった。重い衝撃に突き上げられて、目の前に火花が飛んだ。

「あぅ……あっ！　あっ！」

龍樹は折り曲げた笙也の足を両脇に抱え、腰をグラインドさせながら前後に動かす。粘膜の中に潜らせた熱塊を往復させ、何度も奥を突いてくる。

射精を促す器官を固い隆起に擦り上げられて、火がついたかのように視界が燃え上がった。内壁に生じる摩擦熱が体中に広がっていって、笙也は冷えた空気を取り込もうと意識せず口をパクパクさせて喘いだ。

「あ、熱い。お腹が……苦しい」

浮かされたようにこぼれた言葉だったが、さっきまでの『苦しい』という形容とはだいぶ違ってきている。だけど、他の表現がみつからない。

焼けついて熔けしまいそうな感覚の中で、内壁の一部分にムズ痒《がゆ》いような焦《じ》れる疼きが沸々と浮き上がってきた。

「なんか……体がへん……っ」

「気持ち悦いだろう」

筆也は眉を顰め、よくないと言いたい唇を震わせながら首を横に振る。

「嘘をつけ」

龍樹は鼻先で微笑うと、片手を筆也の下腹に伸ばして勃ち上がりを握った。

「あっ……あ」

いきなり強く扱かれて、膨張する幹がドクンと脈打つ。中と外の摩擦に血流が猛り狂って、胸が大きく上下した。

初めてだから過剰に反応しているだけなのか、埋もれていた性感が表に噴き出してきているのか、感覚が混乱してよくわからない。気持ち悦いとか悪いとか、はっきり判断する余裕なんかないけれど、苦しいほど込み上げてくる排出の欲求は快感以外のなにものでもないのだろう。えもいわれぬ掻痒感に激しく身をよじると、呼吸がひどく乱れて喘ぎがますますとまらなくなった。

まるで、嵐に翻弄される小船だ。抵抗をあきらめた体は、未知の海域へどんどん流されていく。襲いくる欲求の波に視界が歪《ゆが》んで、早く排出してしまいたいと息も絶え絶えで念じてしまう。

「いい声で鳴くようになってきたじゃないか」

言われて、荒く吐き出す自分の呼吸に艶めかしい声が混じっていることに気がついた。

「や……もう……終わって……」

どんな格好でどんな声を出しているのか改めて自覚すると、押し流されていた羞恥心が倍になって戻ってくる。

「は……あん……ああっ」

でもすぐに我を忘れて感極まる声を上げてしまった。

張った幹がビクビクと痙攣しながら熱液を送り出していく。急激に昇りつめていく快感に身悶《みもだ》えて、笙也は全身を強張らせた。

「あ、あっ……あぁ！」

絶え入る悲鳴と同時に勃ち上がりが膨張して、開いた先端が白濁《はくだく》を振り撒いた。

龍樹は、最後の一滴を搾り出すようにして幹を扱いたあと、熱塊を引き抜いて笙也の腹に載せた。血管が浮くほど張った赤銅色の隆起を、クイと扱き上げると、見せつけるかのように精液を飛ばした。

笙也は言葉もなく目を見開いた。

腹から胸まで二人分の淫液にまみれて、混ざり合った白濁が脇腹を伝ってツウと流れ落ちていく。

他人の吐精を見たのは初めてだ。現実はＤＶＤよりも淫らで、生々しい。

茫然とする意識がフウと遠のいて、次の瞬間ピリリと神経が覚醒《かくせい》する。とりあえず汚れた体を洗いたくて、ベッドから降りようと軋む体を寝返らせた。

ところが、事後の消耗で腰と手足が動かしづらく、龍樹に背を向けた姿勢で力尽きてしまった。

「満足したか？　まだ一回しかイッてないだろ」

背後から、龍樹の容赦ない声が降る。またやるなんて言われたら、今度こそ本当に死んでしまう。

笙也は、グッタリする重い口を開いた。

「もう……充分です」

「じゃ、風呂にするか。その青臭せえ体を洗ってこい」

身も蓋もない言い種《ぐさ》である。その臭いの元には、言った本人が出した分も含まれているというのに。

「無理……再起不能……あとにして」

「情けねーな。こんなていどじゃたいした運動になってないぞ。これから毎晩、寝る前の習慣にしよう。セックスで運動不足解消だ」

やめてください、やめてください、やめてください――。叫びたいのに、疲れきっていて声が出ない。慣れない喘ぎを連発したせいもあるだろう。

意識がまた遠のく。

背後にいる龍樹の気配が細く消えて、気絶したんだか昏睡《こんすい》したんだか、自覚できない深い眠りに落ちた。

ピ……と、アラームが最初の一音を鳴らし、背中を温めていた気配が離れる。

誰が目覚まし時計をとめたんだろう――ぼんやり考えて、笙也はハタと瞼を開いた。

慌てて飛び起きると、だるい体がギシギシ軋む。あらぬ場所がズキズキ痛む。愕然とする笙也の横で、半身を起こした龍樹が寝乱れた髪を指で梳《す》きながら伸びをした。

昨夜のあれは夢だったと思いたいけれど、鮮明な記憶のアレコレは紛《まぎ》れもない現実だ。

事後に眠り込んでしまった格好のまま、身に着けているのはボタンをちぎられたシャツ一枚で、お腹と胸はガビガビに乾いてこびりついたいかがわしい液体まみれ。それに比べて、龍樹は夜のうちにシャワーを浴びたらしく、すっきり爽やか。清潔で着心地のよさそうなシルクパジャマまで着ている。

「寒……」

無防備な下半身がスースーして、掛け布団を抱え込むとノロノロ太腿をさすった。

「ケツ丸出しで寝てりゃ冷えるだろ」

笙也は、枕に倒れ込みたくなるほど脱力した。昨夜から、何度『ケツ』という単語を聞いただろうか。つくづく、完璧な容姿を裏切るガラの悪さだ。

「起こしてくれればよかったのに」

「ぐっすりで、鼻をつまんでも起きなかった。だから、後ろに張りついて一晩中あっためてやってたんだぞ？」

「それは、……どうも」

感謝しろとばかりに威丈高《いたけだか》で言われて、体のだるさも相《あい》まって言い返す気力がない。

いつからそこにいたのか、布団の足元で寝ていた銀次が大きなあくびをしてベッドからぴょんと飛び降りた。

「すぐにごはんやるからな。ちょっと待ってろよ」

龍樹は猫撫で声で銀次に言うと、掛け布団を無情に引っぺがす。

「八時半には出るぞ。おまえはさっさと風呂に入ってこい」

「ああ、はい」

銀次の可愛がりようとはえらい違いである。笙也は追いたてられるようにして床に降り、よろけながら廊下に出た。

バスルームは、龍樹の主寝室の隣。ドアを開けると脱衣所の正面に大きな三面の鏡が造りつけられていて、何重にも映し出された自分のヨレヨレの姿に思わず目を逸らしてしまった。

義兄の世話になるはずが、どうしてこんなことになったのかわからない。もしかしたら、実は義理の弟だと認めてもらえていなくて……厄介者の無駄メシ食らいだと思われているから、こんな扱いをされるのだろうか。笙也は、汚れのこびりついた胸元を両手で押さえた。

ひどい扱いを受けたことより、彼に厄介者だと思われていることのほうが、胸がシクシク痛んだ。

なんでもない。どうということはない。仕事で頑張って見返してやろう。家族だと認めてもらおう。脳裏によみがえる自分の痴態《ちたい》を振り払いながら、ブツブツと唱えて気持ちを追い上げる。

人口大理石の浴室は明るくて、水流や湯温の調節など、最新のシステムバスは使い勝手がよくて快適だ。

カランをひねると頭から湯をかぶってホッと息をつく。

体が温まってくると血の巡りが活気を取り戻し、節々《ふしぶし》の軋みが楽になった。夜の汚れを洗い流すと、気分もしだいに浮上してきた。局部の鈍《にぶ》い痛みは少し残るものの、ずいぶんと軽くなって気にせずにいられそうだ。

シャワーを終えるとさっぱりした顔で鏡に映る自分を見て、人間は丈夫にできているものだと我ながら感心してしまう。

気を引きしめ、スーツとネクタイ着用の初出勤前の出《い》で立ちでキッチンを覗いてみる。

龍樹が、ダイニングテーブルで新聞を読みながらコーヒーを飲んでいた。

顔合わせで初めて会ったときの印象が符合して、鼓動が小さく鳴った。

まだパジャマを着ているけれど、櫛《くし》を入れた髪はきちんと両脇に流して整えられて、文字を追う勤勉そうな表情は、やはり知性と品が垣間見える。

ふと龍樹が新聞から目を上げ、端整な顔を笙也に振り向かせた。

「なにモタモタしてんだ。朝っぱらから長風呂してんじゃねえ」

あくまでも……黙っていれば、である。

「だせえスーツだな。もっとマシなの着てこい」

「すいません。これしかなくて」

「着たきりスズメかよ。しかたねえな、義兄弟のよしみだ。俺のポケットマネーで買ってやるから、今日中にまともなのを二、三着揃えておけ。ん？　ネクタイがゆるゆるで曲がってる」

龍樹は人差し指をちょいと曲げ、「こっちに寄れ」と促す。恐る恐る歩み寄ると、立ち上がって笙也のネクタイを乱暴に解き、すぐさま慣れた手つきで結びなおしはじめた。

「俺のそばにつくなら、だらしない格好はするな。常に緊張感をもってビシビシ働け」

「は、はい」

「よし、できた」

仕上げにキュッとネクタイを締めて手の甲でパンと胸をはたかれて、ケホッとむせてしまった。

「おまえの仕事を考えておいてやったぞ。とりあえず、肩書きは俺の専属秘書だ。と言っても、新人のうちは雑用ばかりだがな」

龍樹は再び椅子に座り、長い足を悠々と組んで尊大に言う。

「あ、はい。ありがとうございます」

初めての会社勤めで、いきなり秘書なんて大役だ。と思ったら。

「まず、手はじめに朝めしを作れ。時間がないから簡単なものでいい」

「は？　は、はい」

仕事の話からコロリと変わって朝食を作れと指図されて、アタフタしてしまう。

専属秘書というのは、彼の言葉のとおりただの肩書き。『新人のうちは』とか言っていたけれど、つまるところ、公私に亘って身の回りの世話と雑用に従事する付き人のようなものだ。

しかし、今さら文句は言えない。送り出した緋川の面子《めんつ》もあるだろうし、入院中の母を心配させないため、家族円満のためにも、しばらく彼の下で働くしかないのである。とりあえず計画的に資金を貯めて、折を見てさり気なく緋川一家から自立したほうが無難だと思う。

笙也は脱いだ上着を椅子の背もたれにかけ、冷蔵庫を開けて使えるものを探した。

大型のわりに入っているのは、玉子やハム、ベーコン。サラダ用野菜といった簡易な食材が主《おも》。朝食は自宅で軽くすませて、夜はきっと外食ばかりなのだろう。

母に代わって食事当番もよくやってたから、簡単なものならすぐできる。八時半には家を出ると言われていたので、とりあえずミニサラダを添えたハムエッグとトーストを用意してテーブルに並べた。

慌しく朝食を終え、龍樹が部屋に戻って身支度をしている間にひとりでキッチンを片づけて、時計を見るとすでに八時二十分。

「台所、終わりました」

龍樹の部屋をノックして、返事を確認してからドアを開ける。龍樹はまだ着替えの途中で、ワイシャツの襟にネクタイを通したまま袖のボタンを留めているところだった。

身支度が進むごと、顔合わせで会った憧れの龍樹に、一歩ずつ近づいていく。彼の横顔に、知らず期待の視線を注いでしまう。

「俺も終わる。少し待て」

言いながら、ダークグリーンのネクタイを手早く結び、スーツの上着に袖を通す。そしてビジネスバッグを笙也に持たせると、玄関でジョン・ロブの革靴を履く。

広い肩幅。まっすぐに伸びた姿勢。ひと目惚れの龍樹の完成だ。

スーツを着た彼は、長い指の仕種や歩く姿、一挙一動まで威信に溢れていて、昨夜とはまるで別人。

大きなストライドで颯爽《さっそう》と前を行く背中の眩さに、視線が外せない。二度と会えないと思っていた人が戻ってくれたようで、胸のときめきが抑えられない。

笙也は、五十センチと離れず小走りで龍樹のあとを追いかけた。

エレベーターで下りた地下駐車場には、龍樹の所有する私用のＢＭＷと、社用の国産ハイブリッド車が並んでいる。国産といっても、価格はかなりのものだろうことは、車に疎《うと》い笙也でもひと目で見て取れるグレードの高さだ。

「運転しろ」

言って、龍樹がさっさと助手席に乗り込む。

「え、あの」

突然の指示でうろたえてしまう。いちおう免許は持っているものの、実はペーパードライバー同然なのだ。

また「モタモタするな」とどやされたら嫌なので、とりあえず運転席に座った。

が、龍樹が運転するポジションではブレーキに足が届かない。椅子を前に出そうとして勝手がわからず、結局「グズグズすんな」と、どやされてしまった。

手助けされてなんとかポジションを合わせ、そしてエンジンをかけると……緊張で手足が固まった。

「どうした。免許は持ってるんだろう、さっさといけ」

「め……免許は、あるんですけど。母と一緒に使っていたコンパクトカーで、たまに近場の買い物くらいしか運転したことないんで」

「たいして変わらん。オートマだから、遊園地のゴーカート並みに簡単だ。ちょっと転がせばすぐ慣れる。早く出せ」

おおいに違う。操作はたいして変わらないかもしれないけど、女性をターゲットにしたコンパクトカーより車幅が広い。それに前後も長くて、トラックにでも乗っているような感覚だ。駐車場から出るだけでもどこかに擦《こす》りそうで、怖いのだ。

しかし、社長の出勤予定を遅らせるわけにはいかないし、付き人としてこれから龍樹の足の役割りもこなさなければいけない。この車に慣れるためには、運転するしかないのである。

「じゃっ、いきます！」

笙也は覚悟を決め、アクセルを踏んだ。

「ひいぃっ」

「うおっ」

思ったよりも勢いよく飛び出してしまって、焦ってブレーキを踏んだらムチウチになりそうなほど激しく上半身がつんのめった。シートベルトをしていなかったらハンドルに胸を強打しただろうという勢いの急発進と急ブレーキだった。

「頭が転げ落ちたかと思ったぞっ、ヘタクソ！」

「ア、アクセルがっ……ちょこっとしか踏んでないのに」

「どー見たって思いきり踏んでただろが、アホウ！　なに緊張しまくってやがんだ」

容赦ない罵倒が飛んできて、額に脂汗が浮く。笙也は、しっかりやらねばと深呼吸して、アクセルペダルにつま先を合わせた。

「い……いきます」

「おう。ゆっくりでいい」

ゆっくりというより、おっかなびっくり踏んでいく。

車体がトロトロと進み、そろりとハンドルを切る。が、隣のフェラーリと思える外車に擦ってしまいそうで、駐車スペースを抜ける前に停止してしまった。

左右のミラーを落ち着きなく睨み、アクセルを踏んではブレーキを踏み、ガックン、ガックンを繰り返してようやく抜け出す。

その先も、両側に一見してそれとわかるよそ様の高級車が並んでいて、ぶつけてしまったら大変だと思うとスピードが乗らない。

「遅い。ゆっくりすぎだろ。社に着く前に日が暮れちまう」

「なにがなんだか……もう眩暈が……」

笙也は忙しなく瞬きしながら、手の甲で額の汗を拭う。龍樹のイライラがしだいに募《つの》っていくのがわかって、焦りまくって頭の中が真っ白になっているのだった。

やっと地下から道路へ出ようかという地点で、緩いカーブの向こうから対向車が現れて、つい慌ててブレーキをギュッと踏んでしまった。またガックン、である。これがマニュアル車だったら、エンスト連発状態だろう。

「もういい。俺が運転する。かわれ」

「ごめんなさいっ、すいませんっ」

痺れを切らした龍樹に急かされて、あたふたと車を降りる。

縮こまって助手席に収まると、車体はまるで新幹線みたいに緩やかに滑り出していく。

持ち主だから当然だけど、さすが龍樹だ、と運転から解放された笙也はこっそり安堵の息を吐いた。

「ったく。社長が秘書の運転手やるなんて、聞いたことねえぞ」

「す、すいません。ごもっともです」

「帰りまでに練習しとけ、ボケ」

クソ……アホ……ボケ……。その秀麗な顔でそれ以上言わないで、とお願いしたくなってしまう。どやされっぱなしではじまった初出勤の朝であった。

副都心のメイン通りに面する本社まで、渋滞もなく十五分ほど。十二階建ての近代的な自社ビルは、窓ガラスが朝陽を浴びて煌《きら》めき、時代の波に乗った企業の隆盛を力強く具現化して見せる。就業時間の開始直前で慌しく動く社員たちも、選《よ》りすぐりのビジネスマンといった雰囲気で活力に溢れていた。

内定していた広告会社が倒産しなければ、今ごろは小さなデザイン事務所でコツコツ働いていたのだろうに。こんな大きな企業で、しかも社長秘書という職に就くなんて想像もしなかった。

規模の大きさに圧倒されてしまって、場違いなところにいるような気がしてくる。けれど、臆《おく》してる場合じゃない。しょせんコネ入社だと言われないよう、頑張らなければと改めて気合が入る。

しかし、新人のうちは雑用係。というか、公私に亘る万年付き人。気を引きしめて臨《のぞ》んだ最初の仕事は、当然のごとく龍樹のデスク回りの掃除だった。

塵《ちり》ひとつ残さずに拭き上げると、朝一で回ってきた書類を優先順に整理してデスクに並べておく。それからコーヒーマシンの使いかたや秘書室など、社長室周辺を秘書課の高木という男性社員の案内で見て回る。

三十代半ばの高木は秘書課長を務めていて、若いながらもテキパキとした説明は的確でわかりやすく、秘書室のレベルの高さを窺わせる優秀そうな男だ。

「社長の承認済みの書類は、緋川さんが確認して各部署に戻すということですが」

緋川と呼ばれて、一瞬キョトンとしてしまった。すぐに自分のことだと気がついて、慌てて「はい」と返事をする。まだ日が浅くて意識に定着していなかったけど、緋川剛三との養子縁組で笙也も緋川姓となったのだった。

「本来は秘書室に回してもらってこちらで処理します。仕事を覚えるまでは体を使えというのが社長の主義なので、いろいろ大変でしょうけど慣れるまで辛抱《しんぼう》してくださいね」

「はい、ありがとうございます。頑張ります」

「この階は重役フロアですから比較的静かですが、下にいくほど区画も社員も多くなりますので——おや、社長。どちらにいらしてたんですか」

廊下で説明を聞いているると、ちょうど開いたエレベーターから龍樹が降りてきた。

「合同企画会議をちょっと覗いてきた」

「ああ、広末《ひろすえ》の」

「うちのカラーを強く出すということを前提に開いた会議だが、なかなか折り合わないようだ」

「ランディスの傘下に入ったとはいえ、あちらもプライド高いですからね」

「老舗《しにせ》の広末ブランドはうちにとってもプラスだ、しかし、ああまで頑《かたく》なでは、さすがにやりにくい」

傘下企業となにか意見が衝突しているのだろうか。なんの話題だかまったくわからないけれど、笙也は少しでも把握しようと聞きながら想像を巡らせる。

「ねえねえ、見た？　社長の弟さん」

ふいにウキウキした女性の声が聞こえてきて、そっちに気が逸れた。姿は見えないが、廊下の角の向こうで立ち話をしているらしい。

「見た見た。大学卒業したばかりですって。なかなかのルックスよね」

「社長は高嶺《たかね》の花だけど、彼なら手が届きそうっていうか」

「あんたじゃ年上すぎでしょ。あたしはどっちも遠くから見てるだけで我慢しとく」

「優しくて美形で敏腕《びんわん》で、恋人としても旦那様としても理想よねえ、社長」

「みんなそう言うけど、あきらめるしかないって」

「もう彼女とかいるのかしら。ああ、想像しただけで悔《くや》しい」

自分も話題に上がっていて、笙也は思わず赤面してしまった。龍樹がクスと微笑い、角の向こうをひょいと覗き込む。

「こら、きみたち。そういう噂話は休憩時間に女子トイレでやりなさい」

ソフトな声音で叱ると、二人の女性が驚いたようすで飛び上がった。

「きゃっ、社長」

「す、すみません」

秘書室と広報課に所属する女子社員である。噂話の途中で本人が目の前に突然現れて、さぞかしバツの悪いことだろう。彼女たちは真っ赤になって、ペコペコ謝りながら走り去っていった。

その後ろ姿を見る高木《たかぎ》が、申し訳なさそうにして笙也に向きなおった。

「見苦しいところをお見せして、すみません。大目に見てやってください」

「あ、いえ。気にしませんので」

「我々男子社員も社長を尊敬してますけど、女子の中にはちょっと違う意味で慕ってる者も多いようでして」

「うるさいことは言いたくないが、しかたないな。これから噂話はトイレ内限定、と社則にでも入れるか」

龍樹が冗談めかして言い、高木がやれやれといった顔で苦笑いする。

「社のトップだというのに、気軽に歩き回ってるから錯覚させてしまうんですよ」

「なんだ？　錯覚とは」

「社長は近しい存在だと——あ、上谷《かみたに》専務」

喋りながら歩いていると、五十歳前後と思われる男性と行き会った。

「こちら、社長の専属秘書になられた緋川笙也さんです」

「なにかと世話をかけると思うが、よろしく頼む」

「おお、報告は受けております。私、専務の上谷と申します」

紹介された上谷は、笙也に向かって丁寧に頭を下げる。重役職でありながら若々しく、フットワークの軽さとバイタリティを感じさせる専務だ。

「ひ、緋川です。よろしくお願いします」

言い慣れない名前の自己紹介で、ちょっと口がモゴついてしまう。丁寧に頭を下げ返して挨拶すると、上谷は気さくに微笑んだ。

「義弟さんが専属でついてくださると、我々も心強いです。なにしろこの方、見てて心配になるくらい働き詰めになりますから」

「ほんと、合間に休むということをしませんよね。緋川さんにはぜひストッパーになっていただきたい」

「お役にたてるように、が、頑張ります」

頼りなく言いながら、横に立つ長身にチラリと視線を向ける。と、龍樹は片眉を軽く上げて笙也を見おろす。

「時間を有効に使ってるだけだが？」

「いやいや、我々の時計より時間の進みが早いんじゃないかと思いますね。起業当初からそうでしたが、ほどほどにしてくれと言っても聞いちゃくれません」

「起業当初。じゃあ、上谷専務は社長の大学時代からの……？」

「ランディ一号店の頃から経営に携わらせてもらってます」

「上谷専務はじめ、役員のほとんどは起業から尽力してこられた方々なんですよ」

「まあ、成長途中にある我が社の未来は社長の双肩にかかってるんで。目に余る時は、無理やりにでも休養させてやってください」

「努力……します」

龍樹を無理に休ませるなんて自分にできるわけがない。「そこはお役にたてそうもありません」と、笙也は心の中で謝った。

「では、またあとで」

「あ、僕もそろそろ戻ります」

「そうだ、高木くん。笙也にスーツを買いに行かせる予定なんだ。すまないが、あとでここから一番近い店までの地図を書いてやってくれないか」

「はい、お安い御用です」

上谷と高木は、軽くお辞儀をして颯爽と去っていった。

笙也は、ペコリと頭を下げて彼らを見送る。

人当たりがよくて、仕事のできそうな人たちだとつくづく感心してしまう。規模に呑まれてつい忘れてしまいがちだが、この会社は創立から十年という若い企業だ。龍樹が一人で立ち上げて一人で経営しているような気がしていたけれど、脇を固める重役や社員あってこその成功。龍樹は彼らの力を最大限に引き出し、勢いに乗って業績を伸ばしてきた。そして副都心の一等地に自社ビルを構えるまでに急成長した。吸収と合併により数多くの傘下を抱え、今なお躍進中なのである。

昨夜、龍樹の本当の姿を見て、社員はヤクザばかりなんじゃないだろうかと、実はチラリと思った。でも、社内にはその筋らしき雰囲気の人間は一人もおらず、紹介された重役から階下で見かけた新入社員と思しき若い者まで、どこからどう見ても温和で礼儀正しい一般人だ。

起業時代からの人たちは、社長がヤクザだということを知っているのだろうか……。

龍樹と二人で社長室に戻ると、間を置かずドアがノックされた。

入ってきたのは、企画部門を統括する常務で、笙也に会釈すると書類を開いて龍樹の前に置く。

「先ほどの会議の案件ですが、社長の口添えで双方やっと収まりました」

「そうか、よかった」

「プランのチェックをお願いしたいので、企画Ａ１２３０のフォルダを」

龍樹はパソコンのマウスを動かし、モニターと書類を比較検討しながら入念にチェックを入れ、意見と助言を述べていく。

笙也は社長印の溝《みぞ》の汚れを落としながら、彼らのやりとりに耳をそばだてた。

それにしても、龍樹のこの変わりようはどうだろう。信頼に値《あたい》する包容力と統率力をいかんなく発揮し、洗練された口調と物腰で応える。その敏腕な経営力で尊敬を一身に集め、女性にとっては理想の男性として憧れの的。

さっきなんか、赤裸々《せきらら》な噂話をしていた女子社員に「きみたち」と言った。笙也はおまえ呼ばわりなのに、『きみたち』。そして高木には『高木くん』。呼び捨てなんかじゃなくて、くんづけである。昨夜のヤクザで獣《けもの》な龍樹はどこいった！　と言いたくなるくらい別人だ。

龍樹に憧れる彼女たちの気持ちはわかる。初めて会った時、笙也も彼の魅力に目を奪われた。昨夜のあの姿を知った今でさえ、目の前の彼を見ていると心惹かれてやまない。

だけど、ヤクザの家で生まれ育った昨夜の龍樹のほうが地なのだろうか。そうだとしても、この洗練された人格は自然で、意識して演じているふうにも思えない。

いったい、どっちが本当の龍樹なのか……。

仕事を覚えようと彼らの会話を聞いていたはずが、違うほうに気が逸れていく。

常務が退室すると、しばらくして高木が書類を山ほど抱えてやってきた。

まず龍樹にひととおり見せ、それからその書類を笙也のデスクに置き、業務ごとの補佐のしかたを懇切丁寧《こんせつていねい》に指導して足早に退室する。

まだなにもできない笙也なので、いちおう読んで内容を把握し、署名や押印漏れのないようにチェックして龍樹に提示するだけの簡単な作業だ。

ほかにやることといえば、マニュアルに頼りながらの電話の取次ぎ。それから処理済みの書類を各部署に戻したり、参考資料を探しに資料室へ走ったり。とにかく、秘書とは程遠い使いっ走りばかりである。

昼近くになって午前の予定がひと段落した頃、龍樹がペンを休めて言った。

「今日は早めに昼食を摂る。向かいの店で弁当を買ってこい」

続けて早口で。

「午後は会議があるから、おまえはその間にスーツを買いにいけ。俺の秘書として恥ずかしくないものを三着、選べよ。四時に取引先との面談で浜松町《はままつちょう》に行くから、ついでに運転の練習もしとけ。ああ、車が少し汚れてたな。それまでに洗車して面談に必要な書類を揃えておけ」

ひと息に命じられて、復唱する頭の中が混乱してしまう。

「べ、弁当は、なににしたら……。えと？　スーツと車と、四時に……？」

「メモれ、ボケ！　紙でもスマホでもいいからメモを取って、一度言われたことは忘れるな。二度訊くな」

ビシッと言われて、午後の予定をあたふたと手近の紙に書き出していく。先進機器を使うよりアナログ派な笙也なのだ。

指示されたのは、大通りを渡った斜向かいにあるテイクアウトの専門店で、とりあえず唐揚とサラダがセットになったサンドイッチを買って帰った。

社内が昼休みに入る前に食べ終わると、会議の資料やら書類やらを用意してからスーツを買いに車に飛び乗った。隣に龍樹がいないだけでも気が楽で、朝の失態《しったい》はなんだったのかと思うほど運転はスムーズだ。それから駐車場の隅で車をピカピカに磨き、面談ではなにもわからないながらもカバン持ちに従事する。

なにかにつけて「遅い！」と、どやされながら、右へ左へと走り回った一日だった。

本日の収穫は、とりあえず車に慣れたことくらいだろうか。夜十時に帰宅すると神経がクタクタに消耗していて、どっと疲れが襲ってくる。

まだほとんど手をつけていない荷物の片づけをやってしまわないと、と思うけれど気力も体力も残りゼロだ。

積まれたダンボール箱を眺めてグッタリ床に座り込む。ごはんをもらって満腹顔の銀次が、笙也の腕にスリリとほっぺたを擦りつけてきた。

「あぁ……銀ちゃん」

こんな時の唯一の癒し。

「疲れたよぉ。このまま寝ちゃいたい。でも龍樹さんより先に寝たら、またなにを言われるか」

顔を近づけて愚痴《ぐち》ると、銀次は慰めるように鼻をくっつけてきてくれる。

「銀ちゃんのご主人様は、君や他の人に優しいのに、俺にだけひどいんだよ。すぐ怒るし、人使い荒いし、威張《いば》っちゃって。あれって二重人格だよ」

「銀次になに言いつけてんだ」

「ひっ」

背後から低い声が降ってきて、思わず飛び上がってしまった。後ろめたさいっぱいでぎこちなく振り向くと、龍樹が腕を組んで戸口に立っていた。

「寝る前の運動するぞ」

「えっ、嫌だ」

反射的に拒否が口から飛び出した。

疲労困憊《こんぱい》してすっかり忘れていたけど、確かに昨夜、習慣にするとかなんとか言っていた。でも朝から緊張しっぱなしだったのに、夜までだなんて無理。これからずっとこんな生活が続くのかと思うと、目の前が暗くなってしまう。

「俺、クタクタです。要望にお応えできません」

「情けねえな。体力をつけるために、ますます運動習慣は必要だ」

　笙也を部屋から連れ出そうと、手が伸びてくる。しかし、逃げようとしたけれど、ダンボール箱につまづいてあっけなく捕まってウエストを抱え上げられた。

「やだやだやだ！　するなら、出て行く。やっぱり一人暮らしする」

「今さら放り出すか。俺はおまえが気に入った。もう俺のものだ」

「なんで……っ」

　ジタバタ暴れても、引きずられるつま先が宙に浮く。

「拘束恥辱《こうそくちじょく》プレイで愉《たの》しませてやる」

　ベッドに投げ出されると、抵抗する手をまたコードで縛られてしまった。

今日は朝から体がしんどい。たぶん、寝不足が続いているせいだろう。

仕事は相変わらず使いっ走りとカバン持ちが主《おも》で、帰宅はだいたい夜の九時から十時くらいの間。プライベートでは食事の支度に掃除と洗濯と、龍樹の身の回りの世話。先日の休みには早朝からゴルフ接待《せったい》があったりして、キャディさんと一緒に龍樹のあとをついて回った。外出の予定のない時は、家事の合間に社則やら進行中のプロジェクトやら、提携企業や傘下企業などの資料を読むことを課せられて、自由時間どころかちょっとのイタズラ書きをする暇もない。そのうえ、よほど帰宅が遅くならないかぎり、寝る前の運動をさせられてしまう。

部屋を与えられているというのに、荷物はまだ半分しか片づいておらず、いかがわしい運動のあとも離してもらえずに龍樹のベッドで眠る毎日。一日二十四時間コブみたいにくっついていて、洗練された社長の姿にときめいたり、二人きりになるとヤクザな龍樹にビクビクしたりして翻弄《ほんろう》されっぱなし。体は疲れているのに、神経が張ったまま熟睡《じゆくすい》できないのだ。

それでも、龍樹の采配《さいはい》で企業が動いていくさまを見るのは、刺激されるものがあって面白い。どやされる頻度も減って、少しずつだけど秘書っぽい作業もできるようになってきた。——あくまでも、まだ『っぽい』であるが。

朝起きてしばらくだるいのは、いつものことだ。でも、今日はもう昼過ぎだというのに節々がサビついたみたいに重くてちょっとようすが違う。やらなきゃいけない仕事が山積みなのに、やる気に体がついてこなくて困る。体温が皮膚の下にこもって、歩く足元がなんだかフワフワする。

笙也は書類を抱え、意識して早足で廊下を歩いた。

秘書室で書類を渡すと、受け取りながら高木が言った。

「具合、悪いんじゃないですか？」

「え、そう見えます？」

最初のうちは回ってきた書類は各部署まで戻しにいっていたのだが、それも卒業。やっと秘書室に頼めばいいところまで進歩しているのである。

「顔が少し、だるそうな……風邪？」

「風邪の症状は別に……う〜ん、疲れが溜まってるせいかな。でも、気分はそんなに悪くないんですよ」

「慣れてくると、仕事量も急に増えてきますからねえ。頑張りすぎないで、医務室で少し休んでは？」

体がしんどいわりに神経だけへんに覚醒している感じで、あれこれやらなければと思うとじっとしていられない。笙也は首を傾げ、くるりと視線を動かしてみた。

思考より僅かに目の動きが遅れるようだ。でも休むほどひどくはない気がする。

「大丈夫。言いつけられた仕事が押してるんで、それを片づけたら、ひと休みさせてもらいます」

笙也は、高木の気遣いに感謝して廊下に出た。秘書室が終わったらリサーチの参考になりそうな資料をみつくろって持ってくるようにと言われているので、まだ気が抜けないのである。

エレベーターで十階に下りると、資料室の前で女子社員に親しげに挨拶された。可愛い系メイクで、年齢は同じくらいだろうか。

誰だか見覚えはないけど、とりあえずにこやかな笑顔を返す。

「あたし、経理の安田《やすだ》っていいます」

「はい？　あ、どうも」

どうりで、見覚えがないわけだ。経理課は八階にあって、まだ行ったことがない。友達づき合いのない女の子に積極的に話しかけられたのは初めてで、ちょっと戸惑った。

「階が離れてるから、あまり会うことってないですよね。でも、一方的にお見かけはしてるんですよ」

「そうなんですか。気がつかなくて」

「よかったら今度、飲みに行きません？」

「そ、そうですね。機会が……あれば」

女性に興味がないので、彼女の誘いの意図がよくわからない。とりあえず返事を濁《にご》しておいて、さっさと仕事に戻らなければと思う。

「それじゃ」

「あ、待って」

去ろうとしたところが、引きとめられてしまった。

「緋川さんの歓迎コンパをやりたいねって話が出てるの」

安田は、上目遣いで笙也を窺う。

「それは……秘書課とは別で？」

「ええ、八階の女子で。都合のいい日があったら……、今週の金曜はどうかしら」

秘書室でも歓迎会をやろうという話はあるが、もう少し仕事に慣れてからという高木の配慮で見送られているのだ。そっちより先に八階の歓迎コンパに出るなんて、秘書室の気遣いを無にする、というか恩《おん》を仇《あだ》で返すようなものだろう。

「悪いけど、当分は無理かな。忙しくて」

「あ、じゃあアドレス交換を」

立ち話していると、頭がボーッとして意識が白くなる。ここで気力を途切れさせたら大変だ。

「すみません。急ぎの資料を社長に届けないといけないので、失礼します」

スマホを出して食い下がろうとするのを遮《さえぎ》り、安田に背を向けてそそくさと資料室に入った。

エアコンのきいた室内はひんやりしていて、熱っぽい体が冷えて心地いい。さて、どれを持っていったらいいかと、筆也は棚を眺め渡した。

海外で和食ブームが盛り上がる中、ランディスはいち早くニューヨークとロサンゼルスにレストランを出して成功している。今度は和のテイストのティールームをパリに出店するプロジェクトが動いているのだ。

十二階の資料室は図書館並みに立派な本が収蔵されているけれど、ここはほとんどがファイルやコピー冊子など。その中にある海外の雑誌と情報誌のコーナーで、一冊を引き出して開いてみた。フランスの地方別の風土《ふうど》や葡萄《ぶどう》、ワイン蔵《ぐら》めぐりを特集した雑誌だ。

「へえ、面白いな。地下蔵の陰影の趣《おもむ》きっていいよね」

写真と図解を見ながら、興味津々で独り言を漏らす。

「それは面白いが、今回は必要ない」

ふいに耳の後ろで龍樹の声が聞こえて、口から心臓が飛び出そうなほど驚いた。ドアを開けて入ってくる気配も、靴音にも気づかなかったのである。焦《あせ》って振り返ると、すぐ目の前に龍樹の顔があった。

「び、びっくりした。社長室にいたんじゃないんですか」

「戻るのが遅いからどやしにきた」

「ええ？　そんなに無駄な行動してませんよ」

「女と仲良く喋ってただろ」

「ちょっとです。せいぜい二、三分。別に仲良くもないし」

いったいどこで見ていたのだろう。秘書室の前に、専務のオフィスと企画部のデスクに立ち寄った。龍樹の指示をすみやかに遂行《すいこう》したつもりだが、どの時点で痺れを切らして出てきたのか……、その気の短さに呆れてしまう。

「会って二、三分で色目使われてんのか。隙だらけだな」

「違うでしょ。色目じゃありませんよ。歓迎会に誘われただけです」

「歓迎会？　どこの課だ」

「八階の女子だそうです。あの子は経理だって言ってたっけ」

「ほお？　重役フロアの経理は独立してて、八階経理とは別部署だぞ。一緒に仕事することなんかないのに、なにを歓迎してもらうんだ」

「あ……そう言えば、そうですね。じゃあ、龍樹さんのプライベートでも聞き出したいのかな」

　勤務初日に廊下で立ち話をしていた女子社員を思い出したのである。

　中学生の頃から女の子に話しかけられることはよくあった。けれど、それが恋のアプローチだったとは今でも気づかない。異性を恋愛対象として意識してない笙也は、自分がモテているとは微塵《みじん》も考えないのだった。

「でも、いいじゃないですか。歓迎会してくれるっていう気持ちだけでも」

　脳天気に言うと、龍樹が胸の前で腕を組み、眉間にしわを寄せて笙也を見おろした。

「ブサイクだったたな」

「え」

「お世辞にも美人とは言えない。しかも色気がなくて胸も尻も貧弱。そのくせ男に使う色目だけは一人前ときちゃ、ロクな女じゃねえ」

「別に、可愛い子だったと思いますよ？」

「おまえは、ああいうのが好みか。あれがいい女に見えるのか」

「好みとかじゃなく。俺だって可愛いとか美人くらい見分ける目は普通にありますから」

女性に興味がなくとも、絵筆を握る者としての公平な審美眼《しんびがん》は持ち合わせているつもりなのだ。しかし龍樹は、ダメ出しでもするような顔でチッチッと舌を打つ。

「だまされんなよ。あいつはスケベ根性が顔に出てる。バージンだったおまえには毒が強い。歓迎会なんて行ったら食われちまうぞ」

「そこまで言わなくても……」

「おまえのバージンをいただいたのは俺だ。まだ俺の体に合うように開発中だってことを忘れるな」

露骨に念を押されて、思わず顔が赤らんでしまった。

かかわらない部署とはいえ、龍樹にとって彼女も大事な社員の一人だろうに。ひどいクサしようで、本気で二重人格なんじゃないかと疑いたくなる。それよりも、女子社員とちょっと喋っただけでなぜこんなに絡まれるのか、首を傾げてしまう。

「おまえは男が好きなんだと思ってたがな」

「そ……そうだけど」

「強姦プレイとか道具プレイとか」

「だから、それは誤解です」

「俺は両方いけるクチだが、どっちかってえと男のほうが愉しめる。特に、締まったケツは具合がいい」

社内だというのに、すっかり夜のいかがわしい龍樹である。表と裏があまりにもギャップありすぎで、眩暈がしてくる。

「最近の女は、下の口がガバガバなのが多いんだ。せめて巨乳でAV女優並みのテクがないと、入ってんだか入ってないんだかわからなくて眠くなっちまう」

品格溢れるきれいな顔で下品な発言。龍樹に憧れる女子社員たちが聞いたら悲しむ。なにより自分が悲しいというかなんというか……その形のいい唇を閉じてくれと念じたい。

「そこいくとおまえの体は初々《ういうい》しくて、締まり具合も申し分ない俺のお気に入りだぜ。日に日に感度も上がって愉――」

思わず伸ばした両手を重ねて、龍樹の口をパシッと塞いだ。

「……なんの真似だ」

くぐもる声が、笙也の掌を振動させる。

「あ……えと……、会社で卑猥《ひわい》な発言は控《ひか》えたほうがいいかと……」

頬が火照《ほて》って頭がクラクラする。ふいに、龍樹が笙也の両手首をつかんで両側に広げ、顔を近づけたかと思うやコツンと額を重ねてきた。

「おまえ、熱がある」

「え？　熱？」

「けっこう高いぞ」

言いながら、今度は両耳の下に掌を当てて熱を診る。

そんなに具合の悪い感覚はないけれど、龍樹の手がやけにひんやりして感じられた。確かに、熱が出てきているようだ。

「足元がフラついてたからようすを見にきたんだが、正解だったな」

「え……どやしにきたって……」

「アホ」

「ああ……なんだ」

そうだったのかと、のぼせた頭の中で自分の声がボワンボワンと弾んだ。

足元がフワついて、午後からは何度も頭がクラクラしていた。へんに神経が落ち着かなくておかしいとは思っていたけど、そんなナチュラルハイのような状態は熱が上がってきていたからだろう。風邪の辛《つら》い症状がないから自覚してなかったのに、龍樹は本人よりも早く気づいてくれていたのだ。

「とりあえず医務室で寝てろ」

龍樹は、笙也の肩を抱くようにして寄りかからせる。

「すみません。仕事が途中なのに」

「たいして役にたってないんだ。おまえがいなくたって困らねえよ」

いつもどおりに言い放たれて、口角がクスとほころんでしまった。

あくまでも口は悪いけれど、彼が気にかけてくれていたのが嬉しい。龍樹に支えられて安心したのか、十二階に戻るエレベーターに乗ると今まで抑えていた症状がどっと噴出して、膝が崩れそうになった。

医務室で熱を計ると、なんと三十八度。病《やまい》は気からとはよく言ったもので、ベッドに横になったとたん寒気と吐き気と、頭痛までしてきた。

咳がでるわけでもないのに、高熱のこもる喉が息苦しい。熱なんかめったに出たことがないから、こたえるのだろう。寝不足のせいですぐ眠ってしまっていたらしく、ふと目を覚ますと白衣を着た初老の男性が笙也の胸に聴診器を当てていた。

「冷たかったかな。すまんね」

「いえ……」

「気分はどうですか？」

「ぼ～っと……してます。ちょっと寝不足が続いてたもので……」

産業医の森本《もりもと》先生だ。モヤのかかった視界で龍樹を探すと、彼は先生の後ろから笙也のようすを覗き込んでいた。

「喉を診るから口開けて。うん――少し赤いけど、呼吸器官の炎症はないし。風邪はたいしたことないね。寝不足と疲れで免疫力《めんえきりょく》が落ちてるんでしょうな」

「では、薬などは？」

「栄養摂ってしっかり休むのが一番。それで改善しなければ念のため病院で検査を」

龍樹と森本先生の会話が遠くなっていく。体が睡眠を欲していて、うとうとしてはハッと耳をそばだてる。

だるくて頭が働かず、とにかく眠い。

一時間くらい寝たらきっと少しはよくなるだろうから、そしたら仕事に戻ろう。そんなことを夢の中で繰り返し考えていて、ふいに龍樹に呼ばれて目が覚めた。

手助けされて半身を起こすと、窓から見えるビル群は夜景に変わりはじめていた。

「また熱が上がってそうだな。帰るぞ」

「あれ……仕事は？　もうそんな時間……？」

「切り上げてきた」

いつもこんな早く帰ることはないのに、俺を休ませるためにわざわざ？　お礼を言わなきゃ。いや、お詫び――？

考えるけど、頭の中にオガクズでも詰まってるみたいにのぼせて、ゆるゆると思考がとまってしまう。足元のフワフワする体を支えられて駐車場に下りると、車に乗り込んでシートに身を委《ゆだ》ねた。

心地よい振動に深い眠気を誘われて、歩けるか？　と訊かれて首を縦に振ったのは覚えている。ひやりとした感触が首に触れて、うっすら瞼を開いて見ると、そこはもう龍樹の寝室だった。龍樹は濡れタオルで笙也の胸元を拭き、氷水で絞ってかいがいしく額に載せる。スーツは脱がされていて、かわりに洗いたてのパジャマを着せられていた。

「八度七分に上がってる」

いつの間に差し込まれていたのか、脇の下から引き抜いた体温計を見て呟くように言う。

「具合はどうだ。辛いなら病院に連れていくが」

「さっきより……だいぶ楽です」

三十九度近い熱が出たのは初めてだけど、眠れたおかげで具合はそんなに悪くない。ただ、寒気がするのにひどく火照っているのが気持ち悪い。のぼせて頭がぼ～っとしているのもまだ抜けなくて、ひたすらだるいのだ。

「なにか食うか？　欲しいものがあれば言え」

「今はいい……かな。あ、喉が渇いたような……」

食欲はないが、冷えたものを喉に通したいような漠然とした渇き感がある。素直に答えると、龍樹は背中を支えて笙也の半身を起こし、ベッドに腰かけてミネラルウォーターのボトルを手に取った。

「むせないように、ゆっくり飲めよ」

言って胸に寄りかからせると、ボトルを口元に持っていく。

笙也は龍樹に背を預け、ゴクゴクと喉を鳴らして水を飲んだ。

「は～、やっぱり喉が渇いてたぁ」

ボトルから口を離すと、充《み》ちた呼吸を吐く。でも半分近くをひと息に飲んでしまって、倦怠感《けんたいかん》が倍増して両手を投げ出した。

龍樹は、笙也の半身をベッドに戻すと再びタオルを氷水で絞って額に載せた。

渇きが癒えると、またうとうとと眠り、夢と現実の狭間でふと目が覚める。動きの鈍い視線を巡らせると、ベッドに座って見おろす龍樹がいて、知らず顔が緩んだ。

「龍樹さんがまだいる……。これは夢かな」

「熱に浮かされてんな」

「うん……そうだね、夢だ。龍樹さんがこんなに優しく看病してくれるなんて」

「俺はいつでも優しい」

「嘘だよ。すぐ怒るし……、卑猥なことばっか言うし。俺がなに言っても強引で聞いてくれないし。まるで言葉が通じてないみたいに」

思いつくままの思考が、ダダ漏れで口から出ていく。でもこれは自分の夢だから、龍樹はきっと怒らない。だから甘えて、言いたいことなんでも言っちゃおうと思う。

「具合の悪い時だけ優しくしてもらえるなら、もうずっと寝込んでいようかな」

「そんなに優しくされたいのか」

「当然でしょ」

まだナチュラルハイなのか、なんだか楽しくて口元がクスクスと微笑いをこぼした。

「……新人をいきなりこき使うなと、先生に叱られた」

「会社の、さっきのお医者さん？」

「古いつき合いで、緋川家の主治医でもある。俺も子供の頃はよく診てもらった」

「じゃあ、龍樹さんがヤクザって知ってる人なんだ」

「ああ、他にもいろいろ知られてるからな。おまえの体に負担をかけるなとも言われた」

アレのことだ。寝る前のいかがわしい運動習慣。

「眠れなくなるほど負担だったか？」

枕元のスタンドライトに照らされる端麗な顔が、なにか考えるような表情でじっと見つめてくる。

「そりゃもう、精神的に。だって、自分が愛のない……あんなことするとは思ってなかったから」

「愛がない……？　どんなやりかただと愛情があるっていうんだ？」

「やりかたっていうか……。俺は、好きな人とどうにかなりたいとか、思ったことがないんだ。キスどころか手を握ったこともないし、デートなんかもしたことがなかった。ただ見てるだけで満足で」

「最初からあきらめてるのか」

「別に、あきらめてるわけじゃない。人を好きになるって、俺にとってすごく優しい感情で、なんていうか……世界が温かくて淡い光に包まれてるみたいな感じ。わかる？」

龍樹は理解できないといった顔で首を横に振り、それでも真面目に耳を傾けてくれる。

「そういう、感情で見た色をキャンバスに乗せていくのが好きだから、それ以上を望まなくても充分に気持ちは満たされてる。もし誰かとつき合うようなことがあったら、寄り添ってお喋りするところからゆっくりはじめたいなって、漠然と想像してた」

「淡白《たんぱく》だな」

「かもしれないね。だから、龍樹さんにあんな……どうしてあんなことをされるのか、理解できなくて……。だって、最初に会った時はすごく優しく話してくれたのに、次はいきなり怒鳴《どな》られてまるで別人」

ほのかな灯りの下で、うつつの笙也の声がけだるくこぼれていく。

「好かれてるのか嫌われてるのかもわからないから、あれが終わっても体と気持ちはいつまでも緊張が抜けなくて、いろいろ考えちゃって熟睡できなかった」

「好きだからやってるに決まってるだろう」

「信じられないよ。コードで縛られるなんて最悪だもの」

龍樹は、おもむろに腕を組んでボソリと呟く。

「俺は極道の家で生まれ育った。欲しければ強引にでも手に入れる。他のやりかたを知らねえ……」

眉間に難しげなしわが寄ってきて、それを人差し指で揉みながらため息をついた。

なんだか彼が反省しているように見えて、夢というのはなんと自分に都合よくできているのだろうかと、おかしくなってしまう。

「でもね、俺は龍樹さんにひと目惚れしちゃってるから、なにをされても嫌いにはなれないよ」

初めての告白が、サラリと唇から転がり出た。

龍樹は指先で笙也の頬をつつき、半身を伏せて顔を近づける。触れるだけのキスが、熱で乾いた笙也の唇をしっとりと湿らせた。すごく自然で、淡いキスだった。

「こういうキスは……好きかも。これなら何回してもらっても嬉しいな」

「そろそろ休め。調子に乗ってると、また具合が悪くなるぞ」

「ん……、いっぱい喋ってちょっと疲れた」

体が心地よく脱力していって、柔らかな枕に意識が沈んでいく。

「あ」

ふと大事なことを思い出して、閉じかけた目を開いた。

「あとねぇ、ひとつだけ誤解を解いておきたいんだけど」

「なんだ?」

「エロDVD。あれは大学に入ったばかりの頃に買ったものだけど、飛ばし飛ばしで半分も見てないんだ。男同士でどうやってするのか、ちょっと知りたくて……。でも、無知だ

から教材を間違えちゃったんだよね」

「ああ……、なるほど」

「俺には無理だと思ってすぐ箱に戻して、そのまましまい込んで忘れてた。だから過激なプレイは興味ないし、実践したこともない。本当だよ、信じて」

「わかった。信じるから、もう寝ろ」

龍樹の声が、低く穏やかに降る。

「おやすみなさい。うふ……いい夢見たな」

クスクス笑って言うと、笙也は熱に浮かされた息を吐き、再び目を閉じた。

言いたかったことをちゃんと聞いてくれて、キスまでしてもらえて、龍樹に対する緊張がやっと抜けた。思い残すことはない。明日からまた頑張れる。

バカだアホだボケだと怒られても、こき使われても。


枕元で、コトンとなにか動く音が響いた。

カーテンの隙間から射す陽射しが瞼に落ちて、笙也は眩しさに睫毛を瞬かせながら目を開けた。

「あれ……？」

なぜか土鍋を持った龍樹が、ベッドの脇に立っていた。ハイネックシャツにスラックスという、普段着の格好だ。今日は週の真ん中で、休みの日ではなかったはず。

「まだ……夢を見てるのかな」

「なに寝ぼけてる。熱はどうだ？」

龍樹は土鍋をサイドテーブルに置くと、笙也の脇の下に体温計を差し込む。龍樹の手も体温計も冷たくて、一気に覚醒した笙也はひゃっと首を竦めた。

昨夜は夢の中で看病される幸せに浸っていたけれど、目が覚めても龍樹がこんなかいがいしく世話してくれるなんて。あれは予知夢だったのだろうか、などと考えてしまう。

医務室で緋川家の主治医でもある森本先生に診てもらって、仕事を早く切り上げた龍樹に連れて帰ってもらったのは現実。車の中で眠ってしまって、彼に抱えられるようにしてフラフラと車から降りたところまではぼんやり覚えている。そのあと、いつパジャマに着替えたのか、どうやってベッドに入ったのかも記憶にない。

考えて、笙也は『ん？』と小さく首を傾げた。

森本先生が緋川家の主治医だという話は、いつ聞いたんだっけ。龍樹も子供の頃はよく診てもらったと言っていたような気がするけれど。

思い出そうとしても、夢と現実の記憶があいまいになってはっきり区別がつかない。まさか、熱に浮かされて喋った全部が現実だった……？

笙也は、今度は『いやいや、ありえない』と胸の中で苦笑した。

言いたいことを言っても龍樹は怒らずに聞いてくれて、拙い恋愛観を話して、一目惚れだと告白した。それから、ＤＶＤと過激プレイの誤解のことも。

会社でめずらしく優しく気遣ってもらえて、その続きを自分の都合のいい夢にしていたのだ。でなかったら、あんなふうに望みにかなった触れるだけのキスなんて、彼がしてくれるわけがないと思う。

それにしても、サイドテーブルに置かれた熱々の土鍋。意外だけど、あれはどう見ても龍樹の手料理。病人に定番の、お粥《かゆ》かうどんに違いない。

鍋の中味を想像すると、料理している龍樹の姿まで想像して、期待する鼓動がドキドキと音を鳴らしてしまう。

落ち着かない気分でソワソワと時計を見て、焦りの声を上げた。

「九時すぎてる。龍樹さん、会社」

慌てて起き上がろうとすると、浮かせた頭が龍樹の手で枕に押し戻された。

「今日は休む。面倒みてやるから、ありがたく思え」

相変わらず尊大なもの言いである。

「でも、俺はもう大丈夫だから。一人で寝て留守番してるし」

龍樹は、笙也の脇から体温計を抜く。

「七度六分。病人を放ってはおけないだろう」

土鍋の蓋を開けると、茶碗にお粥を手早くよそった。

「食えるか?」

言って差し出しておいて、笙也が返事をしようと口を開きかけたとたん、さっと引っ込める。

「だるそうだな。そうか、しかたない。食わせてやる」

「えっ、食わ……?」

笙也はびっくりして転げ落ちそうなほど目を見開いた。

龍樹は笙也の半身を起こし、枕とクッションを重ねて背中に当てる。木製の匙《さじ》にお粥を半分ほど載せると、自分の口元に寄せてフーフーしはじめた。

笙也は唖然としてしまった。彼のこのかいがいしさはなんだろう。病人の看病で過剰に世話を焼くのが好きなのだろうか。もしそうなら意外すぎる趣味だ。

「さあ、口を開けろ」

龍樹が直々《じきじき》に冷ましてくれたのだ。素直に口を開けると、適温のお粥がトロリと舌に乗せられた。

「うまいか？」

刻んだ野菜がたっぷり入っていて、ダシのきいた薄い醤油味。

「美味しい。感動的に美味しい」

龍樹のフーフーがトッピングされているから、美味しいのはなおさら。

「さすがに明日は休めないが」

「はい、俺も明日は仕事に」

「いや、ぶり返したら困るだろ。おまえはもう一日休んでおけ」

「そんなに大事をとらなくても。昨夜はぐっすり眠れたし、ただの寝不足と疲れだからすぐ回復します」

「熱ってのは、午後になるとまた上がってくるんだぞ。おまえの世話は真由《まゆ》に頼んでおいたから、明日もゴロゴロ寝て過ごせ」

熱が出ただけで思いもかけない展開。ポカンとして思わず口が開くと、そこにまた美味しいお粥が充填《じゅうてん》される。いたれりつくせりで、食べさせてもらってるだけでエネルギー満タンになってすぐにも走り回れそうな気分だ。

「銀次と一緒に寝ればあったかいぞ」

留守番に慣れた銀次は、一人遊びが上手でよく寝るおとなしい猫である。龍樹の生活サイクルをちゃんとわかっていて、遊んでもらえる時間になると期待に満ちた目でじっと見つめてくる。おもちゃを振ってあげると全力で飛び跳ねて、リビングを縦横無尽《じゅうおうむじん》に走り回るやんちゃさもあって可愛い。いつでもさりげなくそばにいてくれて、くつろぐ姿を見るのはなにより癒しだ。

「銀ちゃんがいると、留守番も寂しくないね」

言いながら、匙を持つ龍樹の手元から視線を移す。布団の足元で、銀次が丁寧に顔を洗っていた。

「あ〜、よく寝た」

時間は、すでに昼の十一時。笙也は床に足を下ろし、寝すぎで固まった首をコキコキ音をたてて回した。

昨日は結局夜になっても熱が下がらず、一日中寝倒した。昼間は、眠っては起き眠っては起きを繰り返し、夜は龍樹と銀次に挟まれてぐっすり。今朝やっと平熱に戻ったので会社に行こうとしたのだが、龍樹にストップをかけられてあきらめたのだ。

もういくらなんでも眠れないだろうと思ったけれど、出社する龍樹をベッドで見送ったあと、銀次を脇に抱いてまた眠ってしまった。自分も猫になったんじゃないかと思うくらい、とにかくよく寝た。体調はすっかり戻ったのに、逆に寝すぎて頭がぼ〜っとする。

「銀ちゃん。あれ……いない」

掛け布団をめくってみたら、一緒に寝ていると思った銀次の姿がない。

「リビングかな」

銀次が自由に出入りできるように、寝室のドアはいつも細く開けてある。布団で寝るのに飽きるとリビングのキャットタワーで日向《ひなた》ぼっこしたり、おもちゃを転がして一人ですっ飛んで走り回って遊んだり、羨ましいほどのびのびな気まま生活なのだ。

　パジャマの上に薄物のカーデガンをはおって廊下に出ると、キッチンから人の動く音が聞こえてきた。

　そういえば、真由を呼んだと龍樹が言っていたっけと思い出した。

　戸口からキッチンを覗いてみると、真由はちょうど今きたばかりだったらしい。食材を買い物袋から出して、冷蔵庫や棚にしまっているところだった。

「あら、笙也くん。具合どう？」

　振り向いた真由が、華やかに笑う。

「もう熱は下がったんで、だいぶいいです。わざわざすみません」

「そう、よかったわ。でも油断するとまた悪くなるから、無理しちゃだめよ」

　心から心配してくれているようで、極道の娘というイメージに全く結びつかない気立《きだ》てのよい義姉《あね》である。

「でも少しは動かないと。寝すぎちゃってよけいだるくなってるし」

　なにか手伝おうと思ってキッチンに入ると、食器棚の陰で箱座りした銀次が目をまん丸にして真由を凝視している。怖いけど興味津々で目が離せないといった顔だ。

「銀ちゃん？　なにしてるの」

「私を観察してるのよ。さっきより距離が近づいてきてる」

真由は銀次に背を向け、クスクスと肩を揺らしながら言う。

「まだ仔猫だった頃に一度顔を見たきりだから、私のこと忘れちゃってるのよね。ビビリくんのくせに、やじ猫」

「あ……、人見知りか」

笙也が初めて銀次に会った時には、四回もドアフォンを鳴らして怖がらせてしまったけれど、すぐに出てきて鼻チューの挨拶をしてくれた。それで龍樹の不機嫌も直ったらしいのだが、こうしてみると、そんな短時間で銀次と仲良くなれたのは本当にめずらしいことだったのだ。

食材が片づくと、真由はエプロンをかけて髪をキリリと結《ゆ》わく。

「さて、先にお昼のしたくと夕飯の下ごしらえしちゃうわね。あとで洗濯と掃除もするから、笙也くんはゆっくりしてて」

「いや、龍樹さんはふだん厳しいのに、なぜか病人には過保護なんですよ」

「あはは、確かに。兄さんて、そういうとこあるわ」

「丸一日寝倒して体がなまってるから、ストレッチがわりになにか手伝います」

「じゃ、人参《にんじん》とじゃがいもの皮むきでもやってもらおうかな。でも、疲れたらすぐ休んでね。いいわね？」

真由は人参とピーラーを笙也に渡し、手慣れたようすで鍋やらザルやらを出してテキパキと野菜を洗っていく。

笙也が親しく話しているのを見て少しは安心したのか、銀次がへっぴり腰で真由にまとわりついて、足元をフンフンと嗅ぎはじめた。

「私も三年くらいここで兄さんと暮らしてたのよ。短大が近かったから」

なるほど、慣れているのも当然。勝手知ったる元我が家だったのだ。

「っていうと、卒業したあとお勤めもここから？」

「兄さんの会社を手伝ってたの。当時はちょうどホテル業に手を広げたところでね、人手が追いつかなくてすごく忙しかった。毎日死ぬほど疲れたけど、楽しかったな」

「それで、一年手伝って家に帰っちゃったんですか？」

「緋川の家に女手がないのが心配で。ああいう家業だから、一般の家政婦さんとか雇えないでしょ。組員の女房連中にきてもらってたけど、家内をまとめるのはやっぱり長の身内じゃないと締まらないのよ」

「いろいろ難しいんですね」

「そりゃあ、クセ者揃いの大所帯だもの。仁美ちゃんが早く退院してくれたら心強いわ。しばらくは療養が必要だけど、姐《ねえ》さんの存在はいるだけで絶大だから」

縁組したばかりの笙也にとってヤクザ社会は異世界。一般人にはわからないしきたりや事情があるのだろう。

「そういえば、森本先生は緋川家の主治医ですってね。古くからのつき合いだとか」

「ああ、森本病院の院長。いい先生でしょ。ほら、背中に彫り物しょってると普通の病院には気軽にかかれないじゃない。昔っから組ぐるみでお世話になってる。うちのお父さんが相手でも平気で怒鳴りつける豪《ごう》の人よ」

「うわ、見かけによらない」

「でしょう。ひょろっとしてるのに、怒るとすごい大声出るからびっくりよ。うちが昔気《むかしか》質《たぎ》のヤクザなら、先生は公平に命を預かる人情の医者だってお父さんは一目置いてるわ」

あの緋川剛三を怒鳴りつける人がいるのも、その人に一目置いているというのも、驚きであるが。

「……昔気質のヤクザってのが、どういうものかよくわからないんだけど」

人参をむき終えた笙也は、今度はじゃがいもの皮をむきながら首を傾げる。人道から外れた悪事をするのが、ヤクザの生業《なりわい》だと思っているのだ。

「ん～、そうねえ……。カタギ衆には迷惑かけない。義理人情をなによりも重んじる。無法者からシマを守るのが、本来の極道っていうか」

「守る……？　それがなぜ、暴力団に？」

「あら、慈流組は暴力団じゃないわ。報復や制裁はたまには必要になっても、殺しはやらないし、不当な暴力で他人から金品を奪ったりしない。あのね、親分子分って、文字通り盃《さかずき》で契《ちぎ》った親子なの。親が全力で子を守るからこそ、子は親を慕って働いてくれる。はみ出し者の寄り集まりだけど、それなりの秩序で小さな社会を築いてるのよ」

要するに、昔気質のヤクザとは殺人も恫喝《どうかつ》もやらない小社会――？

ピーラーを持つ手をとめて、しばし考え込んでしまう。

フライパンを振るう真由は、角切り牛肉に焼き色をつけて赤ワインを振りかける。夕食は、豪華にビーフシチューなのだ。

「暴力団っていうのは、警察が危険だと見なして指定した組織のこと。まあ、うちも威張《いば》れないようなシノギはやってるけど、指定されてない。ただ、末端の構成員が勝手にコソコソやらかしてるのは困りものね」

勝手にコソコソ……。ニュースや新聞で見かける物騒《ぶっそう》な事件が笙也の脳裏をよぎった。

「笙也くんは家族だから、知ってたほうがいいかな。これは、オフレコだけど」

真由は、菜箸《さいばし》を握ったまま人差し指を立て、『しぃ』の形をさせた唇に軽く当てた。

「警視庁のお偉方《えらがた》にちょっとしたコネがあってね、裏の情報を流すかわりにいろいろ見逃してもらってたりするのよ」

「ええっ？」

思わず大声を出してしまって、ハタと口を閉じた。誰が聞いているわけでもないのに、つい声を潜めてしまう。

「よく、暴力団との癒着《ゆちゃく》とかが問題になってるけど」

「あれは、裏取引する相手を見誤った結果よね。警察にしろ政財界にしろ、無法な連中とかかわっちゃいけないわ。うちが流す情報は、主に日本に入り込んでる外国マフィア絡みの動向。やつらあくどいし、日本のヤクザがお国を潰すようなバカやってるのも見逃しておけないから」

笙也にとって、極道なんてものはほとんどフィクションの世界だった。それが、母の再婚で身近な現実になって、内情を知れば知るほど愕然とする。ひとつよかったと思えるのは、慈流組が義理人情に厚い良心的な組織だということ。この先なにがあっても、仁美は剛三に守られながら姐御《あねご》の役割を果たしていくのだろう。

「会社の人は、龍樹さんがヤクザだって誰も知らないんですか？」

常日頃から思っていた疑問を、なにげなく口にした。

「企業当時からいる人たちは知ってるわよ」

「え、そうなの?」

笙也は、今度は驚きの声を上げた。疑問に思ってはいたものの、誰も知らないだろうとなんとなく思い込んでいたのだ。

「うちって、十年前まではけっこう貧しかったのよ。今の世の中、義理人情なんか通してちゃ稼げないでしょ」

「はあ……」

そのあたりの事情は、全くわからない。

「一時期、一般人を巻き込んで荒稼ぎするバカが出てきちゃって、組内が殺伐《さつばつ》としたことがあったんだわ。社会に適応できない連中を守り統率していくのは、組長の役目。だけど資金がなければ対抗組織に追いやられて、慈流組はいつか解体してしまう。そうなると、路頭《ろとう》に迷った子分たちは枷《たが》が外れて重犯罪路線まっしぐら」

「それは怖い……ていうか、子分さんたちも気の毒」

「そこで兄さんは、組の生き残りをかけて起業に乗り出したわけ。それが思いのほかうまくいって、今じゃ大企業」

「じゃあランディスグループの利益は慈流組に？」

「ほんの一部よ。兄さんの資産から流してくれてるだけ。個人経営の店から株式会社に移行する時に、今の重役連と分配率を相談したそうよ。あと、慈流組とはかかわらない経営をする取り決めも。兄さんを信用してついてきてくれるとはいえ、みなさんカタギだものね。だから、社長と極道の顔の使い分けは、呆れるくらいの徹底ぶりでしょう」

つまり、ランディスは本当に慈流組の息はかかっておらず、真《しん》にクリーンな企業。利益を牛耳《ぎゅうじ》るようなヤクザなやりかたはせず、公平に得た龍樹の個人収入の中から組に資金を回しているのである。

「一部っていっても、かなりの金額よ。おかげで若い衆を大勢下宿させられる立派な家に建て替えできたし、外道《げどう》なシノギにも手を出さずにすんでる。我が兄ながら、すごいと思うわ。ね？」

笙也は、感心してひたすら頷いた。

二重人格かと疑うような仕事とプライベートの落差には、そんな理由があったのだ。社長を演じていたのじゃなく、龍樹の本質はいつだってひとつ。尽力してくれる仲間の声を聞き、一店舗から優良企業へと牽引《けんいん》してきた頼もしい力。舞台は違えど、子を守り統率する昔ながらの親分気質そのままだ。

「じゃ、龍樹さんはいずれは社長と組長の二足のわらじを履くことに」

「ううん。六代目を襲名するのは徳さんよ」

「えっ、真由さんの旦那様？」

「表向きはね。兄さんには、まだまだ事業を拡大していく野望があるから。組の資金繰りのためもあるけど、才能を潰したくないってのがお父さんや幹部たちの意見なの」

「なるほど。で、表向きとは？」

「なんだかんだ言って、組の将来は兄さんにかかってる。時代はどんどん変わって、極道を通すには難儀《なんぎ》な世の中になっちゃったじゃない」

「……そうなんですか？」

そこも、緋川家に入って日の浅い笙也には実感のないところだ。

「これからのヤクザは、賢くならなきゃ生き残れないのよ。時代に合ったやりかたを選ばなきゃね。だから、お父さんの跡を継いで組員をまとめるのは徳さんでも、実際に組織を動かしていくのは兄さん。徳さんは決定した今でも、名前だけとはいえ六代目なんてお役はいただけない、とかゴネてるけど」

真由は、カラカラと笑って説明する。

徳田は、実直で分《ぶ》をわきまえた男なのだろう。だからこそ、緋川の眼鏡に適《かな》って真由との結婚を許されたのだ。龍樹の右腕として慈流組を支えるために。

「極道の表舞台には出ずに、裏で糸引く大親分になるの。漫画か映画みたいよねえ。笑っちゃうけど、かっこいいでしょ」

笙也は、笑っていう真由の声を聞きながら、龍樹と初めて会った日に心が飛んだ。

極道の世界は複雑でまだ理解しきれない。でも、龍樹の本当の姿が少しは見えてきたような気がする。ヤクザは怖くてしかたなかったけど、龍樹の守る慈流組の将来を見続けていたいと、初めて思えた。

「さて。少し早いけど、煮込んでる間にお昼にしましょうか」

大所帯を切り盛りする真由は、家事万能で作業も無駄なく早い。炒《いた》めた肉と野菜をコトコト煮込んだら、あとは持参した手作りデミグラスソースを投入してさらに煮込めば美味しいビーフシチューができる。そして同時進行で作っていた昼食のうどんが、ちょうど茹《ゆ》で上がったところだ。

具のネギとキノコと油揚げの煮つけはほんのり甘辛で、小鉢にしたらそれだけでも美味しい一品だ。真由の手料理は久しぶりで、胃は大丈夫かと心配されるほど食が進んでおかわりまでしてしまった。

昼食のあとは、掃除と洗濯をしてもらってる間に二日ぶりでシャワーを浴び、放置状態だったダンボールから絵の道具を引っ張り出した。この機会に全部片づけてしまおうかとも思ったのだが、せっかく真由がきてくれているのだから、病《や》み上がりのパジャマ姿のまのんびり絵を描いて過ごすことにしたのだ。

モデルは、真ん丸くなって昼寝する銀次。そのうちダラリと伸びてきてお腹を上にしたり、寝るのに飽きると笙也の鉛筆にじゃれてみたり、スリッパにかぶりついてきたり。素描《そびょう》が追いつかないくらい多彩なポーズを次々に見せてくれる。スマホで写真を撮って、細かい部分を実物と照らし合わせながらクロッキー帳に何枚も描いていく。

「そろそろ帰るわね。シチューは温めなおして、他にポテトサラダとか冷蔵庫に入れてあるから好きに食べて」

真由が帰りじたくをしながら素描を覗き込み、「かわいい！」と声を上げた。

「ありがとうございました。家のほうでも大人数の夕食を作らなきゃいけないのに、すみません」

熱が下がってすっかり元気なのに、申し訳ないかぎりだ。でも、おかげで思い切り絵が描けて気分がリフレッシュした。龍樹の話も、たぶん本人からは聞くことができないであろう秘話まで知ることができた。

玄関で真由を見送ると、リビングに戻ってペタンと床に座り込み、クロッキー帳から厚手画用紙のスケッチブックに替えて銀次の素描を続ける。

気に入った一枚が描けたので、水彩とパステルで色をつけてみることにした。

画材を広げるとさっそくやじ猫が寄ってきて、絵の具や筆をつついて遊ぶ。水入れの水を飲もうとして叱られると、なにもしてないよ～といった素知らぬ顔で箱座りしてうたた寝をはじめた。

「う～ん、銀ちゃんのこの可愛さは絵に写しきれないよ」

などと銀次の後ろ頭に呟きながらも、夢中になって描いていく。柔らかいサバトラ模様の色を幾重にも重ねていくのは、ことのほか楽しいのである。

毛先のパステル線をぼかす作業に没頭《ぼっとう》していると、ふいに銀次の耳が動き、跳ねるようにして起き上がるや全速力で廊下に駆け出していった。

なにごとかと驚いた笙也があとを追うと、玄関から龍樹の帰宅の音が響いてきた。

ドアが開くと、銀次は龍樹の足元にスリスリとほっぺたをすり寄せる。主の帰宅をいち早く察知《さっち》して出迎えに走ったのだ。

「すごい！　すごいよ銀ちゃん」

笙也は、お帰りなさいを言うのも忘れて感嘆の声を大《だい》にした。

「俺にはなにも聞こえなかったのに、ドアが開く前に走ってってたんですよ。超能力があるのかと思っちゃう」

「猫は耳がいいそうだから、鍵を挿す音でも聞こえたんだろう」

龍樹は靴を脱ぎながら、大興奮の笙也を見て鼻でフッと笑う。バカにされたような気がしたけど、そんなのはもう慣れっこだ。

「帰るといつも玄関で座って待ってるのは、こういうことだったんだね」

「具合はどうだ？」

「あ、はい。今日は一日熱も上がらなかったし、もうすっかり。真由さんがいろいろやってくれたおかげで、ゆっくり休めました」

カバン持ちの習性で龍樹のビジネスバッグを受け取ろうとすると、さり気なく引っ込められた。いつもは押しつけられるのに、なぜだろうと笙也は密《ひそ》かに首を傾げた。

「今夜はビーフシチューですよ。夕食にします？」

「まだ早いからあとにする」

すっかり時間を忘れていたのだが、リビングの掛け時計を見るとなんと五時半。龍樹は笙也の具合を心配して早く帰ってきたのだ。

「絵を描いてたのか」

「ご、ごめんなさい。すぐ片づけますから」

「かまわねえよ。なにを描いてたんだ？」

慌てて片づけようとした笙也は、龍樹の言葉にキョトンとしてしまった。以前、彼には絵を描くなんて女々《めめ》しいことはやるなと言われたから、またどやされると思ったのだ。ところが龍樹は、かまわないと言ったうえになにを描いていたのかと訊いてきた。

さらに、塗りかけの一枚を手にとり、ボソリと呟く。

「……銀次だ」

「は？　あ、はい。銀ちゃんです」

「そっくりだ」

龍樹はスーツの上着を脱いでソファにかけ、ネクタイを緩めると床にしゃがんで改めて銀次の絵にじっくり視線を落とす。スケッチブックを斜めにしたり、自分の顔を傾けてみたり、角度を変えてひとしきり見ると、口の中で「ほう」と小さな感嘆を漏らした。

「うまいじゃないか。銀次の可愛いとこがそのままだ」

「いいえぇ、まだまだ。サバトラのシルバーグレーの色合いが難しくて」

笙也は、龍樹の隣に座って顔の前でハタハタと手を横に振る。

「これは額に入れて飾っておこう。ニューヨークのナントカいう画家の絵を外して、そこに掛ける」

笙也は「えっ」の形に口を開けたまま、パタリと手を落とした。

「や、ちょっと。えぇ？」

「わけのわからんアートより、こっちのほうがよほどいい」

「じょ、冗談？　モアと差し替えなんて、そんなだいそれたこと」

「明日、額を買いにいくからな。おまえが見立てろ」

こんなイタズラ描きに額をつけて飾るなんて、いくらなんでもありえない。なにを言い出してんだこの人は、と思うけど、龍樹は本気らしい。

「いやいやいや。これはほんの習作だから。ちゃんとキャンバスに描きなおします。そ、そしたら寝室にでも」

「そうか、わかった。じゃあそっちをかけ替えよう。これはリビングだな」

相変わらず強引な一方通行で、頭を抱えたくなってしまう。絵を気に入ってくれたのは嬉しいけれど、素描にちょっと色をつけてみただけの絵がモアよりいいだなんて、どう見たって銀次可愛さの贔屓目《ひいきめ》だとしか思えないではないか。

龍樹は、銀次の絵をひと通り楽しんだあと、スケッチブックとクロッキー帳の他の素描を次々に見ていく。

「これは……パリのカフェか？」

「わかります？」

「ル・クラだろう。半年前の視察で立ち寄った」

「同じ頃だ。就職が決まったんで思い切って一人旅してきたんですよ。でも春前に倒産して就職浪人《ろうにん》になっちゃったけど」

「そのおかげで、ランディスっつう優良企業に入れたじゃねえか」

「あは、そうですね。これ、油彩の完成画があるんですよ」

「ほお？　見せてみろ」

　初めて絵に興味を持ってもらえて、なんだか浮かれてしまう。

いそいそと部屋に駆け込むと、龍樹に手伝われて梱包《こんぽう》を解き、パリ旅行の思い出の絵を引っ張り出して披露《ひろう》した。

　ル・クラは小さな公園の前にある小さなカフェで、午後になると犬の散歩や一服《いっぷく》に立ち寄った人々がテラスでコーヒーカップを傾けながらくつろぐ。これは、そんな下町の静かなひと時を描き取った一枚だ。

　龍樹はベッドメイクしてないマットレスに座り、ル・クラの情景を描いたキャンバスを見て頷いた。

「ああ、そうだ。こんなふうだった。こじんまりしてて、寒いのにテラスでコーヒーを飲んでる人がけっこういた。駆け足の視察で慌しかったが、こうして絵で見ると懐かしい感じがするな」

「あ、それ感想でよく言われます。『懐かしい感じがする』って」

「こっちは骨董屋《こつとうや》の店先か」

「この猫が描きたくて。こっそり写真を何枚も撮っちゃった。一週間の滞在だったけど楽しかった」

石畳に同化するようにしてひっそり開いていた裏通りの店である。飾り窓で商品と並んで昼寝している黒茶ブチの猫がどうしても描きたかった。他にも、蚤《のみ》の市《いち》で買ったオルゴールや、公園の陽だまりなど。旅行から帰って勢いづいて五枚ほど描いたのだが、そのあと就活生活に戻ってしまったので、額に入れずにしまっていた未発表作品たちだ。

「観光名所は描かないのか？」

「名所は遠くから眺めるだけで充分。絵にしたいのは、こういう温かくてさり気ない場所や時間だから」

「温かくてさり気ない……か。おまえらしい。同じ頃に行ってたなら、もしかしたらどこかですれ違ってたかもしれないな」

「それは、ないと……」

笙也は言いかけて、はにかんで俯いた。

もしすれ違っていたとしたら、龍樹の姿は目に焼きついているはず。家族の顔合わせの時のように、出会ったその時が一目惚れの瞬間になったはずだから。

「や、焼き栗……食べました？」

赤くなってしまいそうな頬を意識して、ふと思いついた話題で紛《まぎ》らわす。

「いや、食ってない。コーヒーなら死ぬほど飲んだが」

「冬のパリに行ったら絶対食べなきゃ。風物詩《ふうぶつし》ですよ。ホカホカで美味しいんですよ」

「そうだな。おまえがいると、街を歩くだけで楽しそうだ。近いうちカフェの着工準備で渡航する予定がある」

「わあ、いいですね。……って、あれ？　俺も行くの？」

「当たり前だ。俺の秘書だろ」

思いがけない予定を聞いて、笙也は目を輝かせた。

「うわ、やった」

「俺の後ろにバカがくっついてると思われないように、しっかり働くんだぞ。フランス語の挨拶くらいは覚えておけ。オフもやるから、散歩コースを考えとけよ」

「挨拶ていどなら、なんとか。もう少し喋れるように、勉強します」

笙也は答えながら、隣に座る龍樹を不思議な面持《おもも》ちで見上げた。

こんなふうに会話が噛み合うのは初めてだ。いや、これまでも普通に会話してはいたけれど――。

龍樹にとって興味のないことや聞き入れられない訴えは、基本無視。一方的に話を進める尊大さも、バカ呼ばわりする口の悪さも、いつもと変わらない。

でも、今夜はどこか違う。なんというか、話題に伴う気持ちが二人の間をちゃんといったりきたりしているとでもいうか……。意識して話を聞いてくれているような……。そして、声にどことなく囁くような甘さがあるような気がするのだ。

同居してからどやされっぱなしだったせいか、この龍樹はまだ夢の中の龍樹なんじゃないかと思ってしまう。もしかしたら、リビングで銀次の絵を描きながら寝てしまって、熱を出した時の続きを見ているんじゃないだろうかと、自分を疑ってしまう。

「さあ、そろそろメシにするか。おまえも明日は仕事に復帰だ。早寝して体を休めておかないと」

龍樹が、立ち上がろうと腰を浮かせる。

「あの……具合はもう悪くないんで……。そんな気を遣ってもらわなくても」

笙也は小声で言ってみた。

「具合が悪いから気遣うわけじゃないぞ」

龍樹は、立ち上がりかけた腰を下ろし、笙也の顔を覗き込む。

「優しくしてほしいんだろう」

「え……？」

ふいに龍樹の顔が近づいて、ついばむようなソフトなキスが唇に触れてすぐ離れた。

笙也の顔がキョトンとなり、次にボッと一気に赤く染まった。

夢の中と同じキスだ。

「ま、まさか……？」

記憶が一瞬混乱して、口があわあわしてしまった。

「本当に夢だと思ってたのか。大ボケだな」

龍樹は、笙也の反応を見てニヤニヤ笑う。

高熱が見せた都合のいい夢だと思っていたけど、あれは夢じゃなかったのだ。

けだるい口から転がり出るまま、ダラダラと喋りまくった。龍樹が優しいのは夢だからだと、無礼にも言い切った。偉《えら》そうに恋愛観を語り、夢うつつの中で触れるだけのキスをされて、『何回してもらっても嬉しい』などと恥じらいもせず言った。それから、調子に乗って一目惚れの告白までしてしまった。そのうえ、『いい夢を見た』などと満悦《まんえつ》して眠りについた。フワフワと霞がかかったような、あれらの記憶は、全部が現実。

もう、バツが悪くてどうしようもない。

「熱って……コワイですね」

思わず照れ隠しでこぼすと、人差し指でピンとおでこを弾《はじ》かれた。

一昨日の晩、病人のたわごとを龍樹は黙って聞いてくれた。体の触れ合いどころかデートさえ未経験だったことや、寝る前の強引なあれが辛かったこと。言葉が通じてないだとか、別人みたいだとか、子供みたいに文句を言ったのに怒らなかった。熱の引いた今も、緩やかに言葉をかわし、笙也の世界観に興味をもって耳を傾けてくれていた。

龍樹は、慣れない世界に戸惑う気持ちを理解してくれた？　少なくとも、無駄メシ食らいの厄介者じゃなくなった。だから、こんな優しいキスをしてくれるのだろうか。

彼はあの告白を、どう思っているのだろう――。

いろいろ考えると、恥ずかしい。だけど、龍樹の顔がまともに見られないのに、俯くと吸い寄せられるように龍樹のほうに半身が傾いていく。

龍樹は、笙也の肩を胸に受けとめ、こめかみを呼吸でくすぐった。

「早寝しないと？」

低く甘い声が耳に吹き込まれる。

笙也は、俯いたまま小さくかぶりを振った。

まだ、このままでいたい。この、甘く照れくさい時間をもう少し……。

龍樹の呼吸が首筋に下りて、自然と顔が上向いた。

「抱いてほしいか？」

潜めた囁きに、今度ははにかみながら頷きを返した。

好きな人には触れなくても、ただ見るだけで充分だった。でも、今は龍樹に触れたいと思う。彼の体温を感じたい。もう一度、あの淡く優しいキスをしてほしい。

睫毛を伏せると、まるで気持ちが通じたかのように、龍樹のキスがふわりと笙也の唇を押し包む。

もうコードで縛らない？　恥辱プレイは趣味じゃないって、わかってくれた？

心の中で訊いてみる。

でも、こんなに優しくされたら、やっぱりなにをされてもいいと思ってしまう。ガラが悪くてもいかにもヤクザでも、なにがあってもこの人を嫌いにはならない。

笙也は、温かな唇を感じながら、初めて龍樹の背中に腕を回した。

会社から帰ると、なにやら物件案内のＦＡＸが届いていた。

「貸し店舗ですね。私用ですか？」

会社で受けずに自宅で、ということは龍樹個人の探しものだろうか。

秘書として手伝いを申し出たほうがいいか、よけいなことをしないで指示されるまで黙って待つか、迷っていると……。銀次に留守番のご褒美のおやつを食べさせていた龍樹が立ち上がって言った。

「おまえの絵を見て、ギャラリーをやってみようと思いついた」

「え、ギャラリー？」

笙也は、これ以上ないというくらいに目を見開いた。

「とりあえず検討のとっかかりとして、立地と規模の参考に物件をいくつか取り寄せてみた。どう思う？」

「ど、どうって……突然でびっくりっていうか」

「バカたれ。感想じゃなく、意見を聞いてるんだ」

「や、だって。いつの間に」

　龍樹に絵を見せたのは、ほんの数日前のこと。ただでさえ多忙な身なのに、思いついて即行動に移してたなんて驚き以外のなにものでもない。

「ちょうど、文化方面での振興事業を広げようと考えていたところだった。ランディスのこれからの課題は、イメージ戦略によるブランド力の強化。いい機会だろう」

「文化の振興ですか。すごい。芸術家の後ろ盾になって活動していくってことですよね」

「ああ。ギャラリーだけでなく包括的《ほうかつてき》なプロジェクトを立ち上げていく。ただ、俺は芸術方面には疎《うと》い」

「ですね……」

　疎いというか、興味がなかったのである。有名なモアの作品を所有していながら、名前さえ覚えようとしなかったほどだ。

「人脈もこれからつかんでいくわけだが、ランディスにとって未踏《みとう》のジャンル。戦略は慎重に、行動は大胆に。当面のところ、このプロジェクトの要《かなめ》はおまえだぞ」

「俺が、要？」

「少しでも有用性のあるものは、最大限に使う。運営に、作品制作。忙しくなるから覚悟しろよ」

「は、はい」

実業家のインスピレーションと、それを実現していく力はすごい。ひたすら感心するばかりだが。

「おまえの絵はギャラリーの常設展示にするから、銀次の絵をもっと描け。今は猫ブームだしな」

笙也は、思わず笑ってしまった。銀次の絵をコレクションするのが一番の目的か？　と言いたくなってしまう。

「龍樹さんをがっかりさせないように、全力で取り組みます」

遅ればせながら、だんだんと実感が湧いてきた。

たまたま目にした銀次の素描が、龍樹の意欲を刺激して決定に至《いた》った。かねてから考えていた新事業に、白羽《しらは》の矢を立ててくれたのだ。

絵を認めてもらえて、描けと言ってもらえて嬉しい。転がり込んだ無駄メシ食らいじゃなく、頑張れば龍樹の片腕になれる。彼のため、自分のためにも、大役《たいやく》だけどこのプロジェクトを成功させたいと、やる気が漲《みなぎ》る。これから龍樹と向き合っていけるのが楽しみだ。

「とりあえず風呂に入ってこい。あとで物件を検討しよう」

「はい。じゃあ、お先に」

言って、足取りも軽く廊下に出たところで、ドアフォンが緩やかに鳴り響いた。

すでに夜の十時。こんな時間に誰だろうかとリビングを振り向くと、モニター越しにひと言ふた言なにか話した龍樹が、不機嫌な顔で笙也を押しのけて玄関に向かった。

ドアを開けると同時に、

「よう、兄貴。ご無沙汰《ぶさた》」

若い男の不躾《ぶしつけ》な声が聞こえてきた。

「何年も帰らないでどこほっつき歩いてたんだ、俊夫《としお》」

「あっちこっちだよ」

真由が言っていた腹違いの弟だ。ズカズカ上がり込むと、リビングの戸口に立つ笙也を舐《ねぶ》るようにしてジロジロ見る。

「なんだ、また変わったイロ連れ込んでんな」

「あの……俊夫さん、ですよね。俺、緋川の義父に養子縁組していただいた笙也です」

「はあ？　なに言ってんだ、こいつ」

「バカか、おまえは」

龍樹の容赦ない平手《ひらて》が、俊夫の頭を叩いた。

「いってぇ〜」

「義理の弟に挨拶もできねえのか。不義理ばっかしやがるから、家族の事情もわからねえんだよ」

「なんだあ？　いいトシして再婚でもしたのか、親父」

「知りたきゃ家に帰って詫び入れろ」

「うるせえから嫌なんだよな。あいつとは反《そ》りが合わねえのさ」

「おまえの態度が悪いからだ」

龍樹は眉間にしわを寄せ、聞く耳持たないといった顔で言い放つ。

「へえへえ、すんません」

なにが気に入らないのか、父親を『あいつ』呼ばわりである。身長は、笙也より少し低いだろうか。のらりくらりとした態度のわりに、虚勢《きょせい》を張っていからせた肩。締まりのない口元は薄ら笑いを浮かべ、目だけがギラギラと落ち着きなく動く。ろくに家にも帰らず、根無し草のようにフラフラと遊び暮らしていたのだろう。話に聞いた時にはどんな放蕩《ほうとう》息子かと思ったが、半分でも龍樹と血が繋がっているとは信じられない。極道の秩序にも従えないチンピラといった風情《ふぜい》だ。

「それでよ、頼れるのは兄貴だけなんだ。ちょっと金貸してくんねえかな」

「普段寄りつきもしないで、困れば金の無心《むしん》か」

「三百万でいいよ。兄貴には屁みたいな金額だろ」

俊夫は、とんでもない額をヘラヘラ笑って口にする。

「おまえ……」

龍樹はじっと俊夫を見据える。眉間に刻んだしわが険《けわ》しくなり、うなるような低い声で言った。

「薬やってるな」

俊夫は一瞬ギクリと肩を震わせ、頬を引き攣らせた。

なんの薬かと笙也はちょっと首を傾げてから、すぐに悪いものだと思い当たって背筋がヒヤリとした。

「やってるさ。裏社会に足突っ込んでりゃ普通のことだろが」

「ばか野郎！　薬なんてのはヤクザがやるもんじゃねえ。売るもんだ！」

いやいや、それは……堂々と言っちゃいかんと思う。

「わ……悪かったよ。心入れ替えるから」

怒鳴りつけられた俊夫は、媚《こ》びる声で両手を合わせた。

「三百万、くれよ。ちっとドジっちまっ」

言い終わる前に、長身から右腕が振り下ろされた。それがあまりにも早くてグーで殴ったんだかパーで叩いたんだか見えなかったけど、横っ面《つら》を張り倒された俊夫が仰向けに吹っ飛んだ。

笙也は身を竦ませて硬直した。

弟のためを思う兄の鉄拳というには、あまりにも熾烈《しれつ》すぎる。俊夫は口の中が切れたらしく、モゴつかせる唇のはしから血が流れていた。

「てめえみてーなバカにくれてやる金はねえ。とっとと帰れ」

龍樹は、転がる俊夫を玄関まで引きずっていき、ドアの前で蹴り飛ばず。

「ちくしょう……っ。暴れてやる。大声でわめいて、兄貴がヤクザだって隣近所にバラしてやるからな」

「やってみろ。ただし、痛い目見るだけじゃすまねえと思え。ドジの制裁受けるより先に東京湾に沈むことになるぜ」

「う……」

俊夫の表情に怯えが走り、顔面が蒼白に変わった。

有言実行《ゆうげんじっこう》の精神力と行動力を持つ男である。口先だけの脅しとは言い切れないところが怖い。

龍樹は、俊夫の胸倉をつかんで放り出すと、ドアを閉めてウンザリしたようなため息を吐き出した。

「ったく、ますます可愛げがなくなりやがる」

笙也は茫然として龍樹の背中を眺めた。

初めて見たヤクザの兄弟げんかは恐ろしかった。腰が抜けそうでとめに入ることもできなかった。まあ、とめに入っても微力すぎて、俊夫と一緒くたに吹っ飛ばされたかもしれないが……。

俊夫が本当に暴れるか少し心配になって、ドアに耳をくっつけて窺ってみた。なにも聞こえない。脅しがきいたのか、あきらめておとなしく帰ったようだ。

ふいに龍樹が、ゲンコで笙也の後ろ頭を小突いた。

「ったぁ……？」

「おまえはさっさと風呂に入れ」

地獄の底から湧いてくるように言う眉間のしわが、まだ消えてない。

とばっちりを食った笙也は、急いで風呂場に駆け出した。

「社長。そろそろ時間です」

笙也は、時計を見ながら次の予定を頭に浮かべた。

重役会議の承認を得て、芸術振興プロジェクトは動き出した。まずその手始めが、ギャラリーのオープン。学生街とショッピング街の中間に位置して、曜日を問わず人の出には恵まれている。ＪＲ駅からも徒歩圏内で、周囲に私設美術館や画材店が点在していて立地条件としては申し分ない。

「よし、ここで決まりだな」

「そうですね。ここしかない」

四メートル幅の歩道に面した構えはレイアウト自在で、一階が展示スペース、二階はワークショップを催行《さいこう》するのに充分な広さがある。先を見据えた構想の条件を満たす、理想的な物件だ。

「担当をよこして話を進めさせよう」

龍樹が案内の不動産業者と話をしている間、笙也は秘書課長の高木に電話をかけ、契約の取り決めに入るよう伝えた。

今日はスケジュールの合間をぬって、第一候補の物件を見に立ち寄ったのだ。このあとは、六時からライバル社との会食。ランディスグループは郊外に珈琲店《コーヒーてん》を展開しているのだが、その新店舗の予定地を巡って関西から進出してきた猪狩屋《いかりや》という居酒屋チェーンの企業と衝突してしまった。元はといえば、業者のミスで土地の買い取りがオーバーブッキングしたのが原因だ。しかし猪狩屋は、詫びる業者を無視して直接ランディスに条件を出してては予定地を譲れといってきかない。あまりよろしくない噂のある企業で、話がこじれた末に社長同士の会談で解決に臨《のぞ》む運びとなったのである。

六時ちょうどに赤坂の料亭に到着すると、笙也は龍樹のカバンを持って後ろに控える。政治家も使うレベルの高級料亭は初めてで、靴を脱いで上がると穴でも空いてやしないかと自分の靴下をこっそり見てしまう。

女将《おかみ》の案内で座敷に入ると、中年の男がお通しをつまみながら秘書らしき女の酌《しゃく》で日本酒を飲んでいた。

「やあ、どうも。先にやっとりますよ」

標準語だけれど、関西弁のイントネーションまじり。社長同士の大事な初会談なのに、ずいぶんと砕けたようすだ。

「これは失礼。少し遅れましたか」

龍樹は、言葉のはしに僅かな皮肉を含めて言う。

「ま、腹を割って話しましょうや。私が花島《はなしま》です。こっちは秘書の田中《たなか》」

花島と名乗った猪狩屋の社長は、正面に座った龍樹に猪口《ちょこ》を差し出した。

名刺交換じゃなくまず一杯というのに少なからず違和を感じたが、舐めるような視線が自分に注がれているのに気づいて笙也は身を竦めた。

恰幅《かっぷく》のいい赤ら顔で、猪口の進む花島は無類《むるい》の酒好きと見える。金縁眼鏡をかけた田中は、美人とは言えないがグラマラスな印象。花島が口元をニヤつかせながら田中になにか耳打ちする。田中が小さく頷いて、どこか不穏な目を笙也に向けた。

「君も、遠慮せず一杯どうだね」

花島が、笙也にも酒を勧める。

「いえ、僕は……」

「運転がありますから、食事だけいただきます」

口ごもる笙也の代わりに、龍樹がきっぱり断る。

「タクシーを使えばいいじゃないですか」

「いえ、新人なので甘やかしません」

「厳しいなあ。もっと楽しませてやらんと」

「そうですね。笙也、食事を楽しませてもらいなさい」

「は、はい……」

笙也は頭を下げ、箸《はし》を手に取った。

「さすが、若いのにやり手なだけある。私は砕けた酒が好きだが、きちっとしたところは少し見習わないといかんな」

「花島さんも関西では実績がある。花島さんのやりかたがおありでしょう」

「いやあ、なかなか」

花島は、笙也にチラチラ視線を転じながら腹を揺すって笑う。

なんだか居心地が悪くて身の置き所がない。上品な出汁《だし》で煮含めた美味しい里芋《さといも》だというのに、味わう余裕もなく、飲み込むとボソボソして喉に詰まりそうだ。

土地所有権についての話し合いのはずが、なかなか主題に触れずどうでもいいような話ばかり。龍樹はなにを考えているのか、勧められるままハイピッチで酒を飲み、淡々とした口調で花島に話を合わせていた。

「大阪人だから野球は阪神、と決めつけられますがなぁ」

「それはありがちですね」

「実は、私は野球なんぞ見ないんですわ」

「私も、暇がなくて野球もサッカーも見ませんよ。あちらと東京では、やはりいろいろ違いますか」

「そら、人が違いますからな。しかしまあ、うちは相手を見て態度を変えたりしません」

「なるほど。我々は相手に合わせる方針もとります。柔軟にね」

「ま、融通をきかせるのはいいことです」

「場合によっては譲れないこともあるが」

「だが、日本全国どこでも酒はうまい」

かれこれ、三十分以上こんな調子だ。

お互い腹にいちもつを含んだようすでいよいよ本題に入るかと思えば、脈絡なくころりと話題が変わる。田中はまるでホステスみたいに慣れた手で、両社長の酌をしては時折軽く口を挟む。しかも、いつの間にか花島より龍樹の席のほうににじり寄っていて、笑いながらドサクサに紛れて肩に触ったりもする。

自分もなにかしたほうがいいかと思うけど、笙也には酒の席のスキルがないのでなにをどうしたらいいのかわからない。それよりも、ちょくちょく向けられる花島のジメついた視線が不気味《ぶきみ》で、目が合わないように俯きがちになってしまう。会食や接待には何度か同行しているが、こんなに居心地が悪いのは初めてだ。

「ところで、宴席に男の秘書というのも逆に花が咲いて見えますな」

笙也の肩が、ギクリと揺れた。

「いや、不調法《ぶちょうほう》で申し訳ない」

「会食はいつもこの田中を連れていくんだが、おたくの秘書を見て羨ましくなった」

花島は、空《から》にした猪口を笙也に向けた。酌をしろという意味だ。

いきなりこっちに振られて、対処のしように戸惑う。

龍樹はなにも言わず、田中の酌を受けている。

助け船を出さないのは、こんな場面で相手の要求を受けるのは秘書として普通の対応ということなのだろうか。

「入社一年目で社長秘書とは、すごいね。優秀なんだろうね」

花島は顔半分をニヤけさせながら、猪口を持つ手を差し伸ばして酌を催促する。

一度やれば気が済んでくれるだろうか。笙也はこの気持ちの悪い時間を早く終わらせようと、花島の席に膝を進めた。

徳利《とっくり》を手に取ると、ぎこちない動作でゆっくり傾ける。とくりとひとつ、音がしたところで龍樹がポケットからスマホを出した。メールが入ったらしい。

「失礼。ちょっと電話をかけてきます」

「急ぎの用件かね」

「ええ、指示を仰《あお》ぎたいそうで。たいした問題ではないので、すぐ戻ります」

「気にせんで、ごゆっくり」

「あ、あの……」

この場面で取り残されるなんて嫌すぎる。花島のジロジロ見てくる目が気持ち悪い。

笙也は胸の中で、一緒に行く！　と叫んだ。が、通じるわけもなく、立ち上がった龍樹は廊下に出て襖《ふすま》を閉めた。

心細い情況に放り込まれて、どう動いたらいいのか機転が働かない。

ふいに花島が手を伸ばし、徳利を持つ笙也の手を上から握って猪口に酒を注がせた。

「あ……す、すみません」

花島がひと息に飲み干すと、笙也は慌ててお代わりを注いで徳利を座卓に置いた。

「酒に慣れてないところが可愛いねえ」

背筋に寒気が走る。田中がニタリと笑うのが、目のはしに見えた。

「君みたいなフレッシュな子と話すのは、楽しいもんだ」

「いたりませんが……」

「で？　社長によくしてもらってるかい？　給料はいくら。このくらいかな」

言いながら花島が、笙也の目の前に指を三本立てて突き出す。龍樹がいなくなったとたん、態度が豹変《ひょうへん》である。目つきもアレだけど給料の額を訊いてくるのもアレで、いろんな意味でいやらしさ全開だ。

「いえ、そんなには……」

「じゃあ、これか。少ないねえ、かわいそうに」

指を二本にして、ダメ出しでもするような顔で横に振る。座卓の角を越えて笙也の隣に座ると、今度は片手を開いて見せた。

「うちに引き抜きたいなあ。毎月これだけ出すけど、どうだい」

五本指を開いた手は、月給五十万という提示だ。花島は、笙也の肩を抱く格好になって顔を寄せてきた。

「私の世話になってる人が、君みたいな子が好みでね。酒の相手とか、ちょっとしてくれればいいんだ。どうやればいいかは手取り足取り教えてやる。なに、簡単なことだよ」

花島は、ペロリと舌なめずりして言う。

「ぼ、僕は今の仕事で充分ですから」

酒の相手の他になにをしたらそんな高額な報酬になるのか、考えただけで恐ろしい。

「ちょっと欲を出して考えんか」

今にも顔を舐められそうで、ゾッとする。

「しゃ、社長のようすを見てきま……」

花島の手を振り払って立ち上がろうとすると、隣に移動してきた田中に上着の裾を引っ張られて阻止された。気がつけば、花島と田中に両側から挟まれて、逃げ道を封じられた格好だ。

「ねえ、あんた。花島の手駒《てごま》になれば、いい暮らしができるのよ」

田中までが、言葉遣いと態度をガラリと変える。企業の社長と秘書にあるまじき様相《ようそう》だが、これが彼らの素《す》なのだろう。社長同士の会談のはずだったのに、秘書の自分が怪《あや》しい勧誘を受けるなんてへんだ。

「悪いようにはしないさ。俺は融通のきく男だ」

「ランディスなんかやめて、こっちについちゃいなよ」

両側から迫られて、笙也は思い切り半身をひねった。振り向きざま勢いつけて二人の間から逃げようとしたのだが、あまり素早くなかったもので、捕まって畳に伏せてしまった。

その視線の先で、襖がスウと開く。

「そこまでにしといてもらおうか」

龍樹が戻ったのだ。

ほんの数分だけど、何時間にも感じられる不快な体験だった。笙也は緩んだ二人の手をすり抜けて駆け出し、龍樹の後ろに隠れて上着の背中にしがみついた。

「あら、おかえりなさい。三人で仲良く遊んでましたのよ」

「用事は済んだかね。じゃ、話し合いの続きといこう」

二人は全く悪びれない。ふてぶてしいのとは少し違う。開き直ったのでもない。隠すほどのことじゃないとでもいうような堂々とした態度だ。

まずいところを見られたという意識はないのだろうかと、笙也は首を傾げてしまう。

「こいつはあんたの親の玩具にしないとだけ、先に言っておく」

龍樹の言葉に、花島が舌打ちまじりで笑いを漏らした。

どこから聞いていたのかはわからないが、龍樹はいやらしげな引き抜き交渉を把握している。情況を説明する必要がなさそうで、笙也は僅かに肩を緩めて龍樹の上着から手を離した。

しかし、『あんたの親』という龍樹の言葉に引っかかりを感じてまた首を傾げた。

「へっ、調査済みか」

「お互い様だろう。うまくやってるつもりらしいが、猪狩なんて埃《ほこり》まみれの企業は、どこと繋がってるか調べるまでもなくすぐわかる」

「なら話は早い。土地についてはさんざん条件をつけてきたが、そっちの身内と交換てことで手を打とうじゃないか」

「そうしろと上に言われてきたのか？　それにしちゃ、チャチだ。ああ、あんたの幼稚《ようち》な判断か」

龍樹は、鼻先で哂《わら》いながら花島を見おろす。

ムッとする花島の赤ら顔に、険《けん》が浮かんだ。

「足りなきゃ、お楽しみもつけてやる。そいつ一人差し出して、土地と女が手に入れば安いもんだろう」

田中が眼鏡を外《はず》し、龍樹の腕にしなだれかかる。龍樹は興味ないといった態度で、邪険《じゃけん》に突き放した。

「この女には付録ほどの価値もないな」

「なによ、やってみなきゃわかんないでしょ。すごいのよ、あたし」

「明恵《あきえ》」

花島が「引っ込んでろ」と不穏にギラつく目で命じる。手酌《てじゃく》で猪口に酒を注ぐとグイと煽り、乱暴な音をたてて座卓に置いた。

「しょせん親父の再婚相手の連れ子だろう。家族ごっこなんざやってねえで、義弟《おとうと》にひと肌脱がさせろや」

「うちにはうちの流儀《りゅうぎ》がある」

「けっ、若造《わかぞう》がなにぬかす」

どこかおかしいと感じていたが、さらなる変貌を見せた花島は、明らかに一般とは違う世界の住人。彼は関西系のヤクザなのだと、ヤクザの身内になって日の浅い笙也でもさすがに推測できた。遅ればせながらたった今、であるが……。

どういう脈絡でそういうことになっているのかまだ理解できていないけれど、花島は土地と笙也を交換しろと言って龍樹に脅しをかけている。まさか交換に応じたりはしないだろうけど、もし引き渡されたら、花島とその親分の夜の玩具《おもちゃ》になってしまうのだ。

ここはなんとしても勝ってもらわなければと、笙也は全身に鳥肌をたてて彼らのやりとりを見守った。

「下手《したて》に出てやってんだ。丸く治めたかったら、黙って首を縦に振れ」

「そっちこそ、無茶はしないほうが身のためだと思うが？」

「身のためはどっちだ。おきれいな会社を運営してるようだがなあ、慈流組の若。世間にバレたらどうなると思う。そうだ、まずは重役連中にでもバラしてみるか」

「別にどうもならねえな。徹底したサービスは我が社のモットー。苦情や不満は内外のどこからも出てない。全てのお客様に満足をいただいております」

龍樹は両手を軽く広げ、ククッと笑う。

「なめくさって……っ」

花島は、今にも飛びかかりそうな顔で怒りを顕《あら》わにした。

「あんたがいくらバカでもわかるだろう。うちのクリーンな実績は、くだらねえ中傷《ちゆうしよう》なんかじゃ潰せない」

その通りである。重役のほとんどは龍樹の素性を知ったうえで、ランディ一号店から尽力してきた信頼の固い仲間たち。龍樹を中心に一丸となって築いてきた実績は、なにがあっても揺るがないのだ。

「大口叩きやがって。いい気になるな」

花島は、なおも強気で声を荒げる。クリーンな社長のイメージを見て、ヤクザとしては腑抜けだと勘違いしている。脅せば折れると思っているのだろう。

しかし、龍樹は畳に片膝を着き、立てたほうの膝に腕を置くと、花島に目線を合わせて声のトーンを低めた。

「そっくりそのまま返してやるぜ。俺は生まれた時からヤクザだ。てめえみてえに盃分け

もしてない中途半端な企業舎弟《しゃてい》とは、格が違うんだよ」

花島の上体が僅かに仰向き、チラリと視線が浮遊《ふゆう》した。龍樹の気迫に押されたのだ。

「面倒起こすなら、振りかかる火の粉《こ》は払う。それなりの報復は覚悟しておけ」

「か、関東だけでのさばっとる慈流組なんぞ、秋吉会《あきよしかい》にかかればひとひねりやぞ」

「全面戦争でもやらかすか？　その前に、秋吉のトップ呼んでこい。下り坂のてめえにそんな力があるならな」

「生意気……ぬかすなや。俺は指ひとつで兵隊動かせるんじゃい」

言う声に、おどおどした響きがまじる。花島は虎《とら》の威《い》を借る狐《きつね》だったのだと、笙也にもだんだんわかってきた。

「うるせえだけの小バエに用はねえ。頭同士で話つけるって言ってんだ」

「こ……後悔するで」

「火種《ひだね》はてめえだってことを、忘れるな」

鋭い眼光に射られて、花島はグゥと声を呑み込んだ。

龍樹は口のはしに薄い笑みさえ浮かべ、花島の脅しに対してドスのきいた脅しで返していく。その全身から立ち昇る凄味《すごみ》は並みじゃない。

「秋吉は警視庁の組対《そたい》にマークされてるが、慈流組は違う。普段から善行《ぜんこう》は積んでおくもんだよなあ」

「こ、この腐れ野郎がっ」

「腐れは、てめえだ。腐れ落ちた頭ん中がプンプン臭ってるぜ」

笙也は、勝った！　と思った。

なにを言っても、もはや虚勢《きょせい》でしかないのがバレバレだ。

初めてどやされた時も俊夫を怒鳴りつけた時も怖かったけど、今ほどこのヤクザな龍樹を頼もしいと感じたことはない。

「俺と対等にやり合いたきゃ、一家構えるぐらいになって出直してこい。帰るぞ、笙也」

「はい」

龍樹は、雑魚《ざこ》にもう用はないとばかりに、一瞥《いちべつ》さえ残さず花島に背を向ける。笙也はカバンを抱えてあとについた。

肩越しにチラリと振り向いて見ると、花島は徳利をラッパ飲みしながら憮然とした面持ちで龍樹の後ろ姿を睨んでいた。

いやらしい花島をやりこめて気分がスカッとした。反面、もし抗争にでも発展したらと思うと心配になってくる。

車に乗り込むと、エンジンをかけながら龍樹の横顔を窺った。

龍樹は、笙也の頭の中はお見通しらしい。

「よけいなこと考えてないで、さっさと車を出せ」

いつもの調子で言った。

料亭の駐車場から道路に出ると、やっぱり黙っていられなくて訊いてしまう。

「花島社長が秋吉会とかいうとこのヤクザだって、知ってたんですね」

「よくない噂のある企業だからな。この道の者がちょっと探ればたいていわかる」

「猪狩屋って、東京でも最近よく見かけるくらい知られた会社なのに、ヤクザ絡みだったなんて驚きました」

「暴力団対策で、今はどこでも資金の調達が大変なんだ。組織に名前を連《つら》ねない企業ヤクザは多い」

「企業ヤクザってよくわからないんだけど、花島社長は……」

言いかけてふと視線を向けると、そんなことも知らないのかというような龍樹のバカにした横目とぶつかった。

「ヤクザ社会のことなんか知らないですもん」

笙也は、思わず膨れて言ってしまった。

右折レーンに入るのを忘れていると、龍樹が後方を振り返って確認しながら、ウィンカーを出せとジェスチャーで指示する。

「あの男はカタギでもない、ヤクザにもなれない小物《こもの》だ。少しばかり持ち合わせていた商才が認められて、資金稼ぎのための起業を任されたらしい」

「あんなでも商才はあるんだ」

「もう旬《しゅん》は去った。ブームに乗って成功したが、今は利益もこの何年かで急激に右肩下がり。関西が打ち止めだからといって東京に進出してみたものの、そう甘くはなかった」

「なるほど。それで土地がオーバーブッキングして意固地《いこじ》になってたのかな」

「そうだな。やつの親だって甘くない。稼げなくなったら切り捨てられるだけだ」

花島は、オーバーブッキングした土地にやけに固執《こしつ》していた。それもこれも、組織内での立場が落ちていたせい。譲った土地でランディスが成功したらまずい、他で開店した猪狩屋が失敗したらいよいよ立場が危なくなる、と焦ったのかもしれない。

なんとしても土地を手に入れたい花島は、ランディスと龍樹を調べていて笙也の存在に目をつけた。土地を譲るかわりに親分好みの玩具を手に入れて、献上《けんじょう》して機嫌を取ろうと短絡的に目論《もくろ》んだのだ。

「でも……、ほんとに秋吉会との争いに発展したりは」

「抗争なんてそう簡単に起きるものじゃない。秋吉とはなんの因縁《いんねん》もないしな。もしなっ

「怖い……ですね」

たら、全力で潰すまでだ」

「おまえは、どこにも渡さない。家族は守る。一家を分けた子分衆も」

笙也は、思わず龍樹を振り仰いだ。

単なる夜の運動相手や秘書という名の付き人なんかじゃなく、転がり込んだ厄介者でもない。頼もしく魅惑的な声で、守ると言ってもらえた。家族の一員でいい。少しでも好かれているのかと思うと嬉しくて、感動にも似た想いが胸に迫る。

頼れる龍樹は、毅然とした姿勢で正面を見据えて言った。

「だからよけいな心配してねえで、ちゃんと前見て運転しろ」

「はい。あっ」

前の車のブレーキランプが見えて、とっさに急ブレーキを踏んでしまった。

眉間にしわを寄せた龍樹の頭が、ガックンとつんのめった。

大ボケ！　という怒号が車内に響いたのは、言わずもがなである。

「それじゃ、僕は本社に戻ってイベントの検討しますんで」

新しく設けられたアート部門の内田係長が、ガラスドアを押しながら言う。

「はい。よろしくお願いします」

今日は昼前からデザイナーと内装の打ち合わせがあり、たった今終わったところ。龍樹は抜けられない緊急会議があったので、今回は内田と二人で任されたのである。

店舗に残った笙也は、巻尺《まきじゃく》で展示スペースを測っては満足げに頷いた。

「よし、ここに二点かけて、そっちに造形の棚」

ギャラリーオープンのめどがたち、準備は着々と進んでいる。

常設展示作品は、とりあえず笙也の他に、大学時代の恩師のツテでネームバリューのある作家数人が決まった。ギャラリー内は広いので、絵画の他に、通路を作るようにして飾り棚やキャビネットを置き、造形作品を展示する予定。元が喫茶店だったという利を活かして、作品鑑賞しながら休憩できるカフェコーナーも併せる。無名作家バックアップの企画案も続々と上がってきていて、先の展開が楽しみだ。

会議が終わってこれからタクシーに乗ると電話があったから、龍樹もそろそろ到着するだろう。このあと仁美を見舞いに病院へ寄り、それから隣県の支社、取引先との共同視察、社に戻って重役会議と承認書類の確認等々、いつものごとく夜まで過密なスケジュールが組まれている。

入社から二ヶ月余りが過ぎて、最近やっと秘書らしい業務をやらせてもらえるようになってきた。言われなくても先回りする術《すべ》を覚えたし、高木に確認しながらであるが、スケジュール調整もできるようになった。

銀次の絵をきっかけに、龍樹との距離がぐっと縮まったと思う。表と裏の顔を見慣れたせいもあって、尊大で口が悪いのは素でくつろいでいるだけ、笙也の前でだけ見せる姿なのだということがわかってきたのだ。

なにより、花島との件で龍樹への信頼が増したのが大きい。どんなに粗暴な扱いをされても、龍樹の奥底には見捨てない責任感と優しさがあるとわかったから、もう怖くないし身を竦めたりもしない。バカだのアホだの怒鳴るのは、彼のそばにいることが許されている証拠。うっかりな失敗をしてもどやされなくなったら、それこそおしまいだろう。

ギャラリーを任されて秘書業も充実していて、今では緋川家から離れて独立しようなんて考えは、すっかり消し飛んだ。

コードで縛られることもなくなり、龍樹との生活に身も心も慣れつつある。抱き合う行為にはまだ少し戸惑いが残るけれど、熱を出したあの夜から回数も苦痛も極端に減った。

おかげでぐっすり眠れて快調だけど……。

なにもせずベッドに入った晩、時折り龍樹の体温を感じて体の芯が疼くことがある。

もしかしたら、自分は龍樹に触れてもらうのをいつでも待っているのかもしれない。欲望を交わらせる心地良さを知ったこの体は……。

なんてことについ思考が飛んで、火照《ほて》ってしまう頬を苦笑いしながら書類で扇いだ。

と、突然ガラスドアが開いて、ただならぬ複数の靴音が荒々しく踏み込んできた。

一瞬、オープンしていると勘違いした人かと思った。でも看板はまだないし、ショーウインドウもブラインドがかかっているからそんなことはありえない。

何事かと振り向いた笙也の目に入ったのは、ガラの悪そうな男二人と派手な服装の女の三人組。見覚えのあるその一人、先頭に立っているのは俊夫だ。

彼がなぜここにきたのか思い当たらなくて、笙也は面食らった。

「こ、こんにちは」

とりあえず無難な挨拶を口にする。俊夫は下卑《げび》たような嫌な笑いを浮かべた。

「あの……、俺は貸せるお金は持ってませんよ？」

とっさに先手《せんて》を打って、言ってみた。龍樹に追い返されて、今度は義理の兄弟になった笙也に三百万をせびりにきたのかと思ったのだ。

「金の話じゃねえ。あんたが一人になるのを待ってたんだよ」

「え……？」

俊夫の言葉に、笙也は眉を顰めた。ということは、まさか朝から見張られて、あとを尾けられていたということか。いったい、なんのために。

「一緒にきてもらおう」

「どこへです？」

「ちょっとぉ。グズグズしてないで、さっさと拉致《らち》っちまいなさいよ」

「うるせえぞ、カスミ」

「なによっ、誰かきちゃったらどうすんのさ」

カスミと呼ばれた女が甲高い声でわめく。ラメの入ったカットソーにマーメイドラインのロングタイトスカート。ピンヒールのパンプス。派手な服装に負けない濃いメイクは、ひと目でそれとわかる水商売の女だ。

「おとなしくついてきな」

言うなり、俊夫が笙也の手首をつかむ。もう一人の男が、値踏《ねぶ》みするような目で笙也を見て笑った。

「俺にはわかんねえけど、遊びつくしたお方はこういうのが趣味なんかねえ。まあ、これで目をかけてもらえるんなら安いもんだがよ」

「どういうことですか、俊夫さん？」

「いいからこい」

俊夫は、無理やり引っ張っていこうとする。笙也は足を踏ん張って抵抗したが。

「ちょっと待って、いったいなに……痛っ」

いきなり男に背中を殴られて、息がとまりそうになった。

「ばか野郎。傷つけるようなことすんじゃねえ」

「軽くだよ、軽く」

呼吸を取り戻そうと屈む笙也の腕を、男が乱暴につかんだ。その反対側に立った俊夫が、ポケットからナイフを出して笙也の顔の前でチラつかせた。

「怪我させたくねえからよ、黙って言うこときけ」

「なに、言って……り、理由を……聞かなきゃ」

脅しや暴力に屈《くっ》したくないけど、苦しくて声がまともに出ない。痛みの残る背中も伸ばせなくて、抵抗する力も弱い。

「いかない。た、龍樹さんが……」

そろそろ到着するはずなのだ。龍樹はまだかとすがる目を外に向けると、ちょうどタクシーから降りる姿が見えた。

ガラス越しに目をすがめた龍樹が、事態を見て駆け出す。

まだ気づかない俊夫たちは、笙也を両側から抱えるようにして引きずって外に出ようとする。手をかけようとしたドアが先に開いて、飛び込んできた龍樹がつかみかかった。

「なにしてんだ、俊夫！」

俊夫は舌打ちをして、慌ててナイフをポケットに隠した。男が龍樹とドアの間をぬって我先にと逃げ出すと、なぜかカスミが龍樹の腕に抱きついてしなだれかかった。

「久しぶりね、会いたかったわ」

龍樹の知り合いらしい。笙也は、馴《な》れ馴れしいカスミのようすに驚いて龍樹の動向を凝視した。

「誰だ、おまえ」

怪訝《けげん》な顔の龍樹は、カスミを突き飛ばすようにして邪険に払う。

「あら、忘れちゃったの？　ひどいわ。でも、また愛し合えばすぐ思い出す」

「ああ？」

「あなたとヨリを戻したいわ。ちょっといいお店にかわったの、遊びにきてちょうだい」

カスミは鼻にかかった甘え声で言いながら、名刺らしき四角い紙を龍樹のポケットに滑り込ませた。

「なにやってんだ、カスミ！　俺を裏切って乗り換えるつもりかよ！」

「ああ、カスミか」

名前からの連想で思い出したようだ。だが龍樹は興味なさそうに言い捨て、俊夫の胸倉《むなぐら》を乱暴につかみ上げた。

「おまえら、つるんでなに企《たくら》んでるんだ」

「あたしはなにも知らないわ。俊夫に誘われてここにきただけ」

「ふざけんなよ、カスミ！　おまえのドジのせいで」

「なにしにここへきたのか、言え！」

「ね、今度会いにきて。サービスするから」

カスミは後退《あとずさ》りながら言うと、くるりと背を向けて走り出した。

「待て、カスミ！　くそアマ！」

「俊夫！」

「クッソ！　覚えてろよ。兄貴なんか潰してやるからな！」

怒声の飛び交う中、俊夫は龍樹の手を振り払うとカスミを追いかけて店の外に飛び出していった。ドサクサに紛れて逃げたのかもしれないが。

なにがなんだか、突然の出来事に笙也はポカンとしてしまう。

龍樹は、無事を確かめるようにして笙也の肩を抱き寄せた。

「なんなんだ、あのわけのわからねえ捨てゼリフは。いったい、なにがあった。あいつら、おまえになにをしようとした」

「俺も、よくわからないんだけど……。誰かのところに連れていこうとしてたみたいで」

「誰かって、誰だ」

「遊びつくしたお方だとか、目をかけてもらえるなら安いものだとか、言ってた」

龍樹はなにか考えるようすで、凝《こ》らす目を天井に向けた。ふと視線を戻すと、笙也の体をパタパタと探る。

「怪我はないか？」

「たいしたことないと……思う。あ、いたた……」

殴られた肩甲骨《けんこうこつ》の下あたりがズキズキして、たいしたことないのを示そうとした姿勢が丸くなってしまった。

「背中か。見せてみろ」

龍樹は笙也の後ろに回り、上着を脱がせてワイシャツの背をまくりあげた。ヒヤリとした指が触れて、笙也の肩がブルッと震えた。

「ゲンコでど突きやがったな。赤くなってる」

「まだ少し痛いけど、治まってきてるから大丈夫」

言うものの、龍樹の指が冷たく感じるのは、打撲《だぼく》の熱を持ってしまっているからだ。

「少し冷やしたほうがいい。お袋さんの見舞いにいく途中で、ドラッグストアに寄って湿布《しっぷ》を買おう」

「予定が押してるのに、すみません」

「こんな時にへんな遠慮しててんじゃねえよ」

龍樹は、ワイシャツの裾をズボンの中にしまいながら微笑って言う。背中の鈍痛《どんつう》に紛れて、笙也の胸がシクリと痛んだ。

「カスミっていう人……龍樹さんの……」

元彼女？　元愛人？　そんな単語が頭に浮かぶけど、口に出すのはなんだか生々《なまなま》しい。

頂点に追い上げていくあの技巧は今まで何十人の相手に施してきたのだろう、なんてことをつい考えて、モヤモヤしてしまう。

「ただのクラブホステスだ。何回か遊んだことがある。二年も前のことで、顔も名前も忘れてたが」

「ヨリを……戻そうって」

「戻すヨリなんかねえよ。あの場から逃げるためにとっさに思いついたんだろう。色仕掛けしか能のない女だ」

「さっき龍樹さんのポケットに名刺を入れたでしょう。案外……本気なのかも」

龍樹は思い出したようにポケットから名刺を出し、チラリと見ただけで笙也に渡した。

レース模様に縁取られた紙片の左はしに、カスミのドレスアップした顔写真が印刷されている。笙也は、メイクの濃い顔にじっと視線を落とした。

「あいつは好んでヤクザを客に取る玄人《くろうと》だ。その筋の店で俊夫と出会ったとしても不思議はないが……」

「龍樹さんも、そういう筋の店でカスミさんと会って、そういう関係に？」

「つき合うような仲じゃないぞ。俺はあとくされのないプロとしかやらない。素人《しろうと》には手を出さない主義だからな」

俺には出したくせに、と思うけどそれは置いといて。笙也は、カスミの名刺を見ながら記憶を手繰《たぐ》って首を傾げた。

重そうなつけ睫毛。半円を吊り上げたようにくっきりと描かれた眉。マネキンみたいにすぼめたローズ色の唇。個性的とも言えるコケティッシュな顔に、見覚えがある。

「この人……どこかで」

「会ったことあるのか？」

「いや、ない。……と思うんだけど」

定《さだ》かではない。

「テレビかなんかで似た女を見たか。風俗街ですれ違ったか」

「俺、風俗は行かないし」

直接知ってはいないけれど、身近にいた人のような……。喉まで出かかってるのに思い出せないもどかしい感じだ。

「じゃあ、水商売繋がりでお袋さんの知り合いだった」

「あ」

ふいに、『カスミちゃん』という仁美の声が耳の奥で聞こえた。

「そうだ！　そう、母さんの写真で見たんだ」

確か、去年のことだった。仁美の誕生日に、店の女の子たちがプレゼントを持ちよってサプライズパーティを開いてくれた。喜んだ仁美は、もらったプレゼントをリビングの床に広げ、「これをくれたのは綾香《あやか》ちゃん。このデオドラントはカスミちゃん」と指差して説明しながら、パーティの写真を笙也に見せたのだった。

ホステスはみな一様に濃いメイクだが、内輪のパーティでお茶目なポーズをとったり仁美とハグしたり、それぞれ楽しそうな笑顔で写っていた。その中で一人だけ、どんなポーズでも蠱惑的《こわくてき》に見せる同じ表情をしているのが、カスミだった。

まるで顔の上に顔を描いたような、赤い唇をすぼめた濃いメイク顔が、他の女の子たちから浮いていた。なんだかマネキンみたいだと感じた印象が記憶に残っていたのだ。

「母さんに訊いてみよう」

笙也は、カスミの名刺を自分のポケットに押し込んだ。


仁美の入院先は都内でも有名で、的確な診断と手厚い治療体制に定評のある大きな総合病院である。

龍樹の運転で車を駐車場に乗り入れると、何度も見舞いに通った通路を歩いて入院病棟に向かう。午前の外来受付は終了していて、各診察室前の待合いより清算ロビーのほうが混雑中だ。

仁美の部屋は、消化器内科病棟の個室。龍樹と連れ立って入ると、仁美は少しふっくらした顔を嬉しそうにほころばせた。

「退屈そうだね」

「もう死ぬほど退屈」

「だが顔色は見るたびによくなってる」

龍樹はベッド脇の椅子に笙也を座らせ、自分は横に立って義母に親しみの笑みを送る。

仁美の前では、彼は礼儀正しい表の顔である。入院中の体調を気遣っているのもあるようで、仁美にとって笙也の面倒をみてくれる頼もしい義理の息子だ。

「食べて寝てばかりで、太っちゃったわ」

「少しくらい太ったほうが、親父も喜びますよ」

「やあねえ、龍樹さんたら。服のサイズが合わなくなったら困るじゃないの」

仁美はくったくなくケラケラ笑った。

昼夜逆転の生活が長かった彼女だが、規則正しい入院治療のかいあって、今までになく血色がよくて健康そうだ。

「先週、検査があったんだよね。退院の話は？」

そろそろかなと期待して言ってみると。

「出たわよ〜。検査結果は二重丸で、さっき退院許可が出たわよぉ」

仁美は、今にも飛び跳ねんばかりの笑顔で親指を立てた。

「よかったじゃない。日にちは決まった？」

「まだ。いつでもいいそうだから、すぐにでも退院してやるわ。窮屈な入院生活とは、おさらば。剛三さんに快気祝《かいき》いしてもらっちゃお」

「ずいぶんと長引いたもんねえ。やっと新婚生活がはじめられるね。でも、まだ快気じゃないよ。お義父《とう》さんに労《いた》わってもらって、ゆっくり療養して」

「はいはい。お見舞いはたぶん今日が最後よ。龍樹さん、忙しいのにちょくちょく笙也を連れてきてくれてありがとね」

「仁美さんは、俺の母でもありますから」

「そう言ってもらえると嬉しい。笙也も龍樹さんについてもらって、見違えるくらいしっかりしてきたし」

「元々の素質でしょう。笙也は、なんでも呑み込みが早い」

ちょっとのことですぐどやすけど、本心ではそう思ってくれているのかなと、笙也の耳がピクリと反応してしまった。

「ところで――。この人、去年の母さんのバースデーパーティの写真で一緒に写ってたカスミさん？」

　笙也は話題をかえ、ポケットから名刺を出して仁美に見せた。

「あら、カスミちゃんだわ。今マンダリンにいるのね」

　名刺を手にした仁美は、懐《なつ》かしそうな、でも複雑そうな顔で言った。

「その店、知ってるの？」

「界隈《かいわい》じゃ、有名。よくない意味でね。高級クラブだけど、店外デートのノルマがあって客層は成金《なりきん》とかヤクザが多いらしいわ。堅実な子は、ここで働くのは敬遠《けいえん》するわね」

　なるほど。その筋の店である。

「カスミさんて、どんな人？」

「そうねえ……。うちには三ヵ月くらいしかいなかったかな」

「すぐやめちゃったんだ」

「どこでも長続きしなかったみたい。根は悪い子じゃないんだけど、他の子とあまりうまくいかなくてね。ちょっと見栄っ張りで、きついところがあったのよ」

　まさにそんな感じだ。言動もさることながら、作り物じみた濃いメイクと服装にも性格が表れていると思う。

「うちをやめたあと秋吉会の幹部に囲われたって、噂で聞いたけど」

「あ、秋吉会？」

声を上げた笙也の横で、龍樹の気配が大きく変わった。

意外な繋がりだが――。

笙也は龍樹の横顔を見上げ、仁美に視線を戻した。

「それにしても、写真見ただけでよく憶えてたわね。龍樹さんとマンダリンに行ってカスミちゃんに会ったの？」

「うん……いや」

どこまで話したらいいものか……、とっさの嘘やごまかしが言えなくて口ごもってしまう。仁美はやっと退院が決まったばかりなのだ。拉致られそうになった一件は、よけいな心労をかけてしまうだろう。

「店には行ってません」

今まで黙って母子のやりとりを聞いていた龍樹が、笙也を引き下がらせるようにしてズイと口を挟んだ。

「実はさっき、俊夫にばったり会ったんですよ。このカスミが一緒にいたので、どういう女かと気になって」

あ、そういうふうにぼかして言えばいいのか。と機転の回らない笙也は感心しながら仁美の反応を窺う。

「まあ、俊夫さんとカスミちゃんが？　つき合ってるのかしら。……揉め事の元にならなきゃいいけど」

仁美は、瞠目《どうもく》しながら顔を曇らせた。話に聞く悩みの種の末っ子と、関西系ヤクザに囲われた女という組み合わせに、懸念を感じているのだ。

「心配はないでしょう。仁美さんの話からして、マンダリンの店外デートだったのかもしれない。我々にまでこうして名刺を出したくらいだし」

「そうね。でもいちおう……剛三さんに報告したほうがいいわよね」

「俺が話しておきます。仁美さんから親父には、退院の報告が先ですよ。入院生活とおさらばするんでしょう？　よけいなことは考えないで、体調を整えてください」

「あ、うん。そうだよ。母さんは、退院のことだけ考えて」

杞憂《きゆう》を見せていた仁美の口元が、明るく華やいだ。義理の息子の頼もしい言葉で、楽しみな退院に気持ちが切り替わったらしい。

「ええ、お願いするわ。龍樹さんに任せておけば安心ね。ありがとう」

「快気祝いには、笙也と一緒に駆けつけますよ」

龍樹は、次の予定があるからと告げ、笙也を促して慌しく見舞いを終える。病室を出てドアを閉めると、その顔から笑みが消えた。

眉間に深いしわを刻んで、ひどく難しい表情だ。

「なにか……気にかかることが？」

笙也は、意識して声を潜めた。

「別に」

ひと言で返した龍樹の視線は、笙也に向いていない。意識の一部が別のところを見ている。やはり気がかりがあるのか、なにか考え込んでいるようだ。

大きなストライドでずんずん進む龍樹を追って、笙也は半ば走りながら横に並ぶ。

車に乗っても、ハンドルを握る龍樹の表情は難しいまま。

彼は直感と思考が連動していて、いつだって決断が早い。結論を先送りする場合でも、順序だててはっきり言葉にする男なのだ。こんなようすは初めてで、なんだか話しかけるのが憚《はばか》られる。

こういう時は、龍樹のほうからなにか言ってくれるのを黙って待ったほうがいい。笙也は、次の予定の支社の会議資料ファイルをカバンから出して広げた。

客のニーズに応え、地域のカラーに合う店舗を展開していく。グループ連動のフェアや新企画が目白押しで、こうしてできる時に把握しておかないと、龍樹についていくのはひと苦労なのだ。

　ふと資料から顔を上げて、今どのあたりを走っているのかと標識を見た笙也は首を傾げた。隣県の支社に行くのに、そろそろ高速道路に入るはず。それがなぜか高速の入り口はとっくに過ぎていて、いつの間にか本社からも離れていく。この先を右に曲がったら、通い慣れた通勤コース……。

「龍樹さん？　方向が逆だけど、どこへ」

　怪訝に思って訊くと、龍樹の運転する車はちょうど大通りの交差点を右折して住宅街に続く道へ入っていった。

「いいんだ。いったん家に戻る」

「家って、忘れ物ですか？」

「いや」

　龍樹は、そう言ったきり再び唇を引き結んだ。さっきと同じ、上《うわ》の空で簡潔な返答。

　忘れ物を取りに戻るでもないなら、なぜいったん帰る必要があるのか。想像しても思い当たらない。彼がなにを考えているのか、教えられないままで胸に不安がよぎる。

　龍樹に従ってマンションに戻ると、帰宅を察知した銀次がいつものように玄関に待機していて、「うなぁ～」と間延びした声でお帰りなさいをした。

「すまんな、銀次。俺はすぐ出なきゃならないんだ。おまえは笙也と留守番しててくれ」

「えっ？　俺も留守番？」

笙也は愕然として声を上げた。

「どうして？　俊夫さんとカスミさんのことで、なにかあるんですか？」

転がり出る言葉が疑問符ばかりになってしまう。

「それをこれから調べる。俺が帰るまで待ってろ」

「だって、仕事は」

「どうにでもなる。キャンセルできるものとできないものは、秘書のおまえにもわかるだろう」

「わかるけど……」

笙也は、このあとの予定を頭の中に並べた。絶対に外せないのは、取引先。その他は逐一報告を受けて電話ででも指示すればなんとかなるし、書類関係は持ち帰って片付ければ済む。しかし。

「そういうことじゃなくて、……理由を教えて」

「念のためだ。誰かきてもドアを開けるな。俺が連絡するまで、家から出ずに待て」

龍樹は笙也の目を見据え、有無を言わせぬ強さで命じると、銀次を胸に押しつける。

「銀次とおとなしく留守番してるんだ。いいな」

「は、はい」

いつもの強引さと違う静かな迫力に押し切られてしまった。

龍樹が出かけて部屋に取り残されると、離れている間に彼の身に悪い事が起きやしないかと想像してしまって、急に心細くなった。

まるで、足元の見えない暗闇に放り出されたみたいだ。

胸に抱いた銀次の襟首に顔を埋め、『落ち着け、落ち着け』と深呼吸してみた。

フワフワの毛が鼻に入って、くしゃみが出た。


なにかわかったらすぐ連絡してほしい。早く帰ってほしい。

ヤクザの抗争勃発《ぼっぱつ》――、なんてニュースが流れやしないかとテレビをつけっぱなしにして、でも本当にそんな速報が流れたらと思うと怖くて画面を見ることができない。

まんじりともせずただ待つだけ。龍樹から電話がかかってきたのは、陽《ひ》もとっぷり暮れた頃だった。

『しばらく安曇野《あずみの》の別荘にいけ』

受話器を耳に当てると、笙也が口を開く前に龍樹はまたいきなりなことを言う。

「は？　安曇野？　って……なに」

『長野にある』

「知ってます。突然なにを言ってるんですか。なにがあったの」

『念のためだ』

「それ、さっきも聞いた」

『休暇だと思って絵でも描いて過ごすといい。一人で寂しいなら銀次を連れていけ。徳田が迎えにいくからしたくして待ってろ。じゃ、切るぞ』

「えっ？　ちょっと待っ」

言うだけ言って、通話は切れた。用件だけの急ぎの電話である。

「言葉が足りないにもほどがあるでしょう！　こら！」

受話器に向かって声を張り上げた。しかし、龍樹の返答があるわけもなく、ツーツーという音が虚《むな》しく響くばかり。

かけなおして文句を言ってやろうと思ったけど、最初の数字をプッシュしたところでなんだか脱力してしまった。

素の龍樹がわかって話しやすくなったと思ったのに、また言葉が通じなくなった。龍樹がなにを考えているのか、こんなわけのわからない状況では察することさえできない。笙也の不安も、強引に事を進める彼には通じてない。いや、通じているのかもしれないけれど、そこで完結してしまって龍樹から返ってくるものはなく、最初の頃みたいに一方通行だ。

しばらく、と言われたのでとりあえず衣類やらなにやらの身の回り品を旅行カバンに詰めた。それから、暇潰し用に絵の道具。銀次も連れていくので、猫トイレとキャットフードとお世話用品と、三角屋根のついたハウス型ペットベッド。

ちょうど大荷物ができたところで、徳田の車が迎えにきた。

荷物を積み込もうとトランクを開けて、大量の食料があるのを見て笙也は疎外感《そがいかん》に打ちのめされてしまった。

なにも知らされないまま、龍樹の顔を見ることもなく隔離《かくり》されるのだ。

銀次を入れたキャリーを抱えて後部座席に座ると、車は静かにすべり出す。無骨な外見にそぐわず、丁寧な運転である。

「あの……龍樹さんは」

「会社に戻りました」

徳田は、相変わらずの不器用なもの言いで、低くボソリと答えた。

高速道路に入ってスピードが乗ると、キャリーの中で銀次が「うなぁお～」と抗議の声を上げた。外に出るのは動物病院くらいなので、怯えているのだ。

「ごめんね、銀ちゃん。注射しないから安心して」

話しかけてやると、銀次が「あおぉ～ぅ」と訴える。

「うん、嫌だよね。ほんと、ごめん。でも一人じゃ寂しいから」

「ふなぁ～ぉ」

今度は、情けない鳴き声。

「別荘は、きっと快適だよ」

「にゃうぅ」

「おもちゃ持ってきたから、着いたら遊ぼうね」

キャリーに手を入れて撫でてやると、少しは安心したのかゴロゴロと喉を鳴らした。

龍樹なんかより、銀次のほうがよほど言葉が通じてるような気がする。お互いの気持ちだってきっと通じてる。

銀次がいれば龍樹なんかいらないっ、と思ってみるけど……。やっぱり会いたい。顔を見てちゃんと説明してほしかった。

「どうして安曇野の別荘に？」

銀次の喉を撫でながら、上体を少し乗り出して徳田に訊いた。

「うちで扱ってる物件す。売れ残ったんで緋川が使ってるんすが、いいところだから心配ねえですよ」

ここにも言葉の通じにくい男が一人……。

「じゃなく」

「あ……、おやっさんと龍樹さんで相談して決めたみてえです」

「俊夫さんのことで、なにかよくないことが起きたのかと思ったんだけど。龍樹さんはなんて？」

「自分もまだ詳しく聞いてないんで。説明したくても言えないす」

笙也は、訊くのをあきらめた。もし知っているのだとしても、堅そうな徳田からは聞き出せないだろう。

平穏で充実した生活が急転してしまった。

龍樹のようすが変わったのは、カスミが秋吉会の幹部に囲われたと仁美に聞いた瞬間から。花島との会食と、押しかけてきた俊夫とカスミ。共通するのは、秋吉会。

この一連の流れは、関連があるように思える。でも、どこでどう繋がっているのか考えようとしても、知らない世界のことで想像が追いつかない。

心配なのは自分のことじゃなく、龍樹の身だというのに……。なにも知らされずに遠ざけられると、不安ばかりが募る。

高速を下りると川を渡り、山道を登る車はやがて細い林道へと入っていく。

深夜の景色は点在していた灯りも途絶え、前方を車のライトだけが心細く照らす。周囲になにがあるのかほとんど見えないまま別荘に到着すると、徳田は「鍵をかけて、昼間も外に出ないように」と言い置いてすぐに東京へ引き返していった。

カーテンを少し開いて外を窺うと、見えるものは部屋の灯りに弱々しく浮かび上がる樹々の輪郭《りんかく》、そしてその先に続く暗闇。

急に不安が恐怖に塗り替えられて、笙也はゾクリと肩を震わせた。

荷物の片づけは明日にしよう。二階に上がると寝室の隅にとりあえず猫トイレとキャットフードだけ出して、銀次を抱いてベッドに潜り込んだ。

初めての場所に警戒する銀次は身を縮め、布団の中で笙也の脇にぴったり寄り添った。

東京では聞くことのない鳥のさえずりで目を覚ますと、銀次がクルルと喉を鳴らしてベッドに飛び乗ってきた。

姿勢を低くしてガサゴソと布団の中に入り、くるりと向きを変えて頭を出し、大きな目で笙也を見つめる。

ベッドから抜け出して、見慣れない室内を恐る恐る探検していたらしい。ビビリくんのくせに、好奇心は旺盛《おうせい》なのだ。

皿を見るとキャットフードも水も減っていて、トイレも用を足した形跡があって、とりあえず安心した。

「他の部屋も探検しにいこうか」

笙也は、銀次を抱いて窓に歩み寄った。

カーテンを開けると鮮やかな緑が目に飛び込んで、眩《まぶ》しさに思わず睫毛を瞬かせた。

朝陽に透ける枝葉が風にそよいで、涼やかなさやぎを響かせる。奥深い森は瑞々《みずみず》しさに溢れ、自然に集《つど》う生命が笙也の憂《うれ》いを紛らわしていく。

昨夜は飲み込まれそうな真っ暗闇だったのが、今は嘘みたいに明るい情景だ。

窓から見えるところには、民家らしき建物も人影もない。売れ残り物件だと徳田が言っていたけれど、地図を見てみると観光スポットからも別荘地からも遠く外れた小さなログハウス。高台へと続く林道から、樹々の合間をぬうようにして入りこんだ細道の先にひっそりと建つ。

癒しカラーを得意とする笙也には好ましい別荘だが、売れ残ったのも頷ける中古物件ではある。

着替えて廊下に出ると、階段のすぐ脇にバスルームとトイレのドアが並ぶ。龍樹のマンションに感覚が慣れてすごく狭く感じるけど、掃除は行き届いていて洗面所の鏡はピカピカだ。

笙也は頭を左右に動かし、三面の鏡に映る自分の髪を見た。

「東京に戻ったらカットにいかなきゃ」

歯を磨きながらモゴモゴ呟いて、指先で伸びた前髪をつまんだ。ランディスに入社して以来、仕事と家事に忙殺《ぼうさつ》されて髪を切りにいく暇もない。耳が隠れる長さになった天然ウェーブが、そろそろ広がりはじめているのだった。

洗顔を終えてさっぱりすると、銀次と一緒に家の中を探索して回る。

間取りは全室フローリングで、吹き抜けを広く取った二階には八畳ほどの広さのベッドルームが二部屋。一階は玄関を入ると目の前に階段があり、そのすぐ裏側がキッチンで、壁も仕切りもないワンフロアのＬＤＫだ。

簡素な造りだけど味があって、銀次と過ごすには見通しのよさがちょうどいい。キッチンシンクも掃除は万全《ばんぜん》で、水回りが清潔だと居心地は快適に感じられる。

ひととおり見たあと、テーブルに置きっぱなしにしていたクーラーボックスとスーパーの袋から中身を順に出して並べていく。どこにどう片づけようか考えていると、へっぴり腰でついて歩いていた銀次がピョンと飛び乗り、やじ猫全開で袋に顔をつっ込んでフンフンと匂いを嗅ぐ。

「銀ちゃんのおやつも持ってきてるから、あとであげるよ」

言いながら頭を撫でてやって、テーブルから降ろした。

話し相手は銀次しかいないけど、いつでもさり気《げ》なくそばにいてくれる心強い相棒《あいぼう》だ。

一人で一週間分はありそうな大量の買い置き食料は、たぶん真由の調達。柔らかな女性文字で書かれたレシピメモが入っていた。

無駄にしないように毎日料理して食べます、と笙也はお礼の意味で食料に向かって軽く手を合わせる。

冷蔵庫と棚に収納すると、銀次をリードで繋いでウッドデッキに出てみた。緑のふくいくたる香りと、爽やかな風が鼻腔をくすぐる。あまりにも陽射しが気持ちいいので、ガーデンテーブルと椅子を出してデッキで朝食を摂ることにした。

ついでにクロッキー帳も引っ張り出して、バゲットとトマトをワイルドに丸かじりしながら、気の向くまま目についたものを片っぱしからスケッチしていった。

絵に没頭していると、不安も心配も忘れていられる。龍樹が危険に飛び込んでやしないかと悪い想像をしてしまうけど、なにが起きても彼ならなんとかするさという、強い気持ちになれる。

ひと目惚れしたスーツ姿の龍樹は紳士で、尊敬と憧れの人。ヤクザな彼も、今では惹かれてやまない恋しい人だ。

二重人格を疑った真逆の顔の奥底には、いつだってブレない本当の龍樹がいる。彼の中には、なにがあっても折れることのない強靭《きょうじん》な芯がある。それはとても寛容で、柔軟で、誰でもが惹かれるであろう牽引者《けんいんしゃ》の資質。

好きな人は見ているだけで満足で、甘く優しい恋情《れんじょう》を絵に写すのが楽しかった。自分がどう思われるかなんて、気にしたこともなかった。

でも欲を触れ合わせることを覚えた今は、龍樹のことをもっと知りたい。過去に彼がどんな人を好きになってどんな人とつき合ったのか。自分は彼にとって何番目なのか、そんな今まで考えたことのないようなことが気になってしかたない。たった一日離れていただけで、想いが苦しいほどに募《つの》って、未熟なまま眠っていた感性や熱情が揺り起こされる。

カスミとの過去の関係を知って、初めて感じたモヤモヤする感情。抵抗しながらも、熟《う》れていく性感。穏やかに流れる時間に身を委《ゆだ》ね、互いに言葉をかわす心地よさ。

描く線の一本一本、重ねる色のひとつひとつに、たくさんの想いがこめられていく。

鉛筆を持つ手をとめて、澱《よど》みのない清澄《せいちょう》な空気を肺いっぱいに吸い込む。スケッチをやめると今度はイーゼルを出してきて、描きかけのキャンバスを立てかけた。

陽を浴びるサバトラ模様のフワフワな毛並み。揃えた手足を横に突き出した寝姿で、ピンク色に薄いグレーのブチが入った肉球が、マシュマロ菓子みたいに可愛らしい。龍樹が完成を待ってくれている、昼寝する銀次の絵だ。

モアと差し替えなんてとんでもないとは思うけど、彼が望んでくれるならありったけの愛情をこめて描き上げようと思う。

龍樹に会いたい。早く迎えにきてほしい。

日向《ひなた》ぼっこが大好きな銀次が、ガーデンチェアの上で気持ちよさそうに伸びをした。

龍樹からいつ連絡がきてもいいように、肌身離さずスマホをポケットに入れておく。

だけど、まるで忘れ去られたかと思うほど音沙汰《さた》がない。待ちわびた電話が入ったのは、別荘生活も四日目の昼過ぎ。それも、真由からだった。

『元気？　ちゃんとご飯食べてる？　一人で寂しいでしょう』

いつもと変わらない明るい声を聞いて、龍樹の身に悪いことは起きていないのだなと、笙也は胸を撫で下ろす。

「銀ちゃんが癒してくれるから」

『あの子、箱入り息子ってかんじで可愛いわよね。おっとりしてるの』

「ええ、龍樹さんにそれこそ猫可愛がりされてる。ご飯は真由さんのレシピ見て毎日作ってますよ。昨日は炊き込みピラフで、朝昼晩食べても厭《あ》きないくらい美味《おい》しくできた」

『それ兄さんも好きだから、今度作ってやって』

「そうします。龍樹さんてけっこう味にうるさいですよね」

『あはは、文句言うなら食《く》うなってどやしてやればいいわ』

「それはちょっと、さすがに……」

いや、これからの関係なら、いつか言えるようになるかもしれない。どやしはしないまでも——。

『なにもなくてつまらないとこでしょう、その別荘。せめて温泉くらいあればまだよかったのに』

「けっこう自然を満喫《まんきつ》してますよ。久しぶりに絵を描きまくってます」

散歩もできず、自然に浸るのはもっぱらウッドデッキ。銀次と遊ぶか絵を描くくらいしか、やることがないのであるが。

『兄さんから連絡あった？』

「いえ、まだ」

『あ～、やっぱり。しようがないなあ。電話の一本もよこさないなんて、心配になるじゃないねえ』

「真由さんのところには、なにか？」

『お父さんに報告が入ってるわ。兄さん、昨日は夜から大阪に行って今朝一番の飛行機で帰ったのよ』

笙也の心臓が、ギクリとして跳ねた。

「大阪に？　どうして……」

ランディスのスケジュールでは、当面のところ関西方面に飛ぶ予定はないはず。この脈絡で大阪といったら、秋吉会となにかあったのかと背筋に緊張が走る。

『あっちの組長に確認するとか、言ってた』

「な、なにを」

『そこらへんはお父さんにちょっと聞いただけだから、私もまだ詳しくはわからない。笙也くんは、兄さんから直接聞くといいわ』

「そう……ですね」

いつ聞けるのだろう。いつ迎えにきてくれるのだろう。どうして自分一人が隠すようにして遠ざけられたのかを、教えてほしい。

『でもね、さすがに筋の通せる人だったらしくて、話はついたそうよ』

「じゃあ、抗争とか全面戦争とか」

『ないない。秋吉絡みで悶着《もんちゃく》が起きたとか聞いて、うちも一時は騒然としたけどね。ほら、万が一ってことがないとは言えない物騒《ぶっそう》な世界だから。笙也くんもとばっちり食っちゃったわね。けど、もう大丈夫』

「龍樹さんも、大事なく戻ったんですね」

『ええ。へんに心配かけちゃって、ごめんなさいね。兄さんも会社があるし、すごく忙しそうだった。許してやって』

笑って言う真由のようすに、笙也の肩が知らず緩んだ。

「そこはもう、龍樹さんの立場はわかってますから」

『仁美ちゃんも、万が一に備えてまだ入院してもらってるの。でも大丈夫なのがはっきりしたから、明日の朝には退院よ』

「あ、それはよかった。母は、俺が安曇野にいること知ってるんですか？」

『いちおう、話してあるわ。笙也くんのこと心配してるけど、兄さんを信じて任せてくれてる』

まだかいつまんだ報告しか聞いていない真由である。だけど、理由も聞かされずに遠ざけられた笙也を安心させるため、そして忙しい龍樹の代わりに、仁美の近況もまじえて電話をくれたのだ。

秋吉の組長となんの話をしたのか、大阪に飛ぶほどの理由はなんだったのか、花島や俊夫との繋がりなども笙也には見当もつかない。

でも、思いやってくれる真由の明るい声を聞いて、憂《うれ》いが晴れていく。

『兄さんはまだ片づけることがあるとか言ってるけど、きっと二、三日うちには東京に戻れるわよ』

「早く、帰りたいです」

龍樹のもとに、一日も早く。一時間でも早く。

あと二、三日。辛抱《しんぼう》だ。

笙也は通話を切ると、龍樹から連絡が入った時すぐ出られるように、スマホをポケットに戻した。

「今夜はパスタにしようかな」

ボソリと独り言を呟くと、銀次が膝の上でうなあと答える。

ふいにスマホの着信音が鳴って、あたふたしてしまった。真由がなにか言い忘れた、龍樹からの連絡、両方が同時に頭に浮かんでちょっと混乱したのだ。

スマホをポケットから出して見ると、待望の龍樹から。急いで耳に当てると、車のドアを閉めるような音が微かに聞こえた。

「もしもしっ」

『変わりないか』

いつもの、魅惑の低音ボイスだ。

「う、うん。なにも。銀ちゃんも元気だし。あ、さっき真由さんが電話くれて、二、三日うちには帰れそうだって言ってたけど」

『ああ、その予定だったが今から迎えにいく。したくして待ってろ』

「えっ」

すごい急だね、と言おうとしたらその前に通話がぶっつり切れた。

「あの……ちょっと……？」

相変わらずブレない一方通行の男である。

でも、やっと迎えにきてくれる。今東京を出発したなら、陽が完全に落ちる前には着くだろう。

渋滞もなく快調に飛ばしてこられれば、あと数時間で会えるのだ。

二、三日と聞いたのが『今から迎えにいく』に短縮されて、ぼちぼち到着する頃かと思うとソワソワして落ち着かない。
何度も時計を見ては長い針の進みが遅いのにがっかりして、意味もなく家の中を歩き回ってしまう。

嬉しくて荷造りはあっと言う間に完了した。掃除してキッチンシンクもきれいに磨いたし、シーツやタオルも洗濯して乾燥機にかけてたたんだ。あとは龍樹がきたら、銀次セットをまとめるだけ。

それと、冷蔵庫に残っている食品。常温で大丈夫なものはもう袋に詰めてあるけど、そろそろ全部クーラーボックスに移していいだろう。とにかくじっとしていられなくて、冷蔵庫を全開にして中身をぽいぽいとクーラーボックスに入れていく。

「あ、こら銀ちゃん」

やじ猫銀次がジャンプして、冷凍室の引き出しにストンと入り込んだ。

「冷えて風邪ひいちゃうぞ」

言って、お尻をポムとはたいて引き出しから押し出す。と、なぜか突然、床に降りた銀次が姿勢を低くして玄関を見たまま固まった。

ドアフォンが鳴った時によくやる警戒の格好だ。耳がいいから、笙也には気づかない音が聞こえたのだろう。

「大丈夫だよ。きっと、龍樹さんだ」

他に来客などあるはずがないのだから、龍樹が到着したのに違いない。車から降りて、ドアフォンを鳴らすか、鍵を持っているならすぐにもドアが開く。

銀次を抱き上げ、笙也は玄関ドアへといそいそ歩いた。が、龍樹を迎えようと靴を履くその耳に、不審な物音が聞こえてきた。

それはもちろん、外からだ。

なにか……ぶつかるような音と、複数の乱れた足音。それから……、飛び交う数人の男の怒鳴り声。

笙也の顔から血の気《け》が引いた。家の前で物騒な事態が起きているのだと直感して、確認しようと慌ててドアを開けた。

到着した龍樹が襲撃されている危機を想像したのだが、しかし彼の姿はどこにもない。慄然《りつぜん》とする笙也の目に飛び込んだのは、映画かドラマでしか見たことのないような激しい乱闘シーンだった。

笙也に気づいた数人が、こちらに向かってこようと構える。それを、他の数人が全力で阻止する。

「出てくるな、笙也さん！　隠れてろ！」

刃物を振り回す暴漢と揉み合う一人が、声を上げた。

その男には見覚えがある。緋川家に住み込んでいる構成員で、中でもあまりヤクザっぽく見えない青年だ。名前は、覚えてないが。

怯える銀次が、笙也の服に爪をたててしがみつく。すぐ近くに人影が見えて、慌ててドアを閉めようとした。しかし間に合わず、強い力でこじ開けられてしまった。

ヌッと顔を突っ込んで入ってきたのは、俊夫だ。

銀次が渾身《こんしん》の力で笙也の胸を蹴って飛び降り、すごい勢いで二階に駆け上がっていった。

「おまえがおとなしくついてくりゃ簡単なのに、邪魔ばっか入りやがる」

拉致計画が二度ともうまくいかなくて、俊夫はかなりイラついているのだろう。ギラギラと不穏に光る目で笙也を睨む。

銀次と一緒に二階に逃げて寝室に鍵をかけようと考えたけど、この距離では階段の途中で捕まるのは確実。笙也は素早く俊夫に背を向け、リビングに駆け出した。

中央のソファの裏側でいったんとまり、鬼の形相《ぎょうそう》で追ってくる俊夫と応接セットを挟んで対峙する。そのままぐるりと一周すると窓を開け、ウッドデッキから飛び降りるや森の奥を目指して走った。

「とまれ！」

俊夫の怒声の一瞬あと、パーンという乾いた破裂音が夕暮れの空気を揺るがした。

それが銃声だというのは、すぐに理解できた。たった一人を拉致するために拳銃まで持ち出すなんて信じられない。いよいよ現実離れしているけれど、これは映画でもドラマでもない、現実のヤクザの世界だ。

拳銃を握った俊夫は、吠えるような怒声を上げながら執拗に追いかけてきていた。

抗争なんて簡単に起きないと言っていたのに、秋吉会の組長と話しをつけたと聞いて安心したばかりなのに、どうしてこんなことになっているのかわけがわからない。だけど、龍樹はきっと、こうなることを知って急に迎えにいくと言ったのだと思う。彼は無事なのだろうか。

まさかこちらに向かう途中で襲撃を受けて……。

最悪の事態ばかりが脳裏をよぎって、走る膝が抜けそうになる。

二階に逃げた銀次は、きっとベッドの下に隠れてる。安全になるまで、そのまま出ないで待っててくれと祈るばかりだ。

笙也は、木々の間をできるだけジグザグに駆けていく。直線で飛んでくる弾丸に対して横の動きで当たらないようにという、どこかで見たうろ覚えの知識は、漫画かなにかで見たのだったかもしれない。それが実践で役にたつのか疑わしくはあるが、二発目を撃ってこないので少しは理《り》にかなった方法なのだろうと思う。

必死に走っているのに、俊夫との距離を広げることができない。息切れがして、心臓がバクバクして、喉がカラカラに張りつく。でも、何度か振り向いて見ると、そのたびに俊夫の顔が疲労を濃くしているように見えた。

普段から運動不足で特にマラソンが苦手なインドア派だけど、俊夫も悪い薬を常習しているジャンキー。ハンデは同じくらいだと思えば、なんとか逃げきれる気がしてくる。

笙也は、小高く盛り上がった岩を登って反対側に駆け下り、小さくて浅い竪穴《たてあな》のような窪《くぼ》みに身を潜めた。

喉がゼイゼイと鳴って、酸素が足りなくて頭がガンガンする。

龍樹との夜の運動習慣をもっと真面目にやっておけばよかった――。なんてことを考えて、この極限にあって呑気《のんき》な自分につい笑ってしまった。

追ってくる俊夫の足音がいったんとまって、引きずるような歩みになってゆっくり近づいてきた。彼も体力が限界なのだ。

「隠れても……無駄だ。どこにいるか、わかってんぜ」

脅す声が、ハアハアと掠れて響いた。

大丈夫。機転も判断も正常だ。気持ちも、きっと俊夫より余裕がある。笙也は、呼吸を整えながら口を開いた。

「龍樹さんが、どうしてここにいないか、知ってる？　彼、大阪に用事があってさ」

岩越しに近づく足音が、とまった。俊夫の気配が一瞬怯《ひる》んだのがわかった。

「そ……それがどうした」

「別に。君がどうなろうと俺には関係ないんだけど」

言って、俊夫の反応を窺う。

今度は返事がない。足音も動かない。

花島とカスミと秋吉会を俊夫に関連づけた、あてずっぽうの発言である。この拉致に龍樹を襲撃する計画が含まれているかを知りたくて、カマをかけたのだが、どうやら彼は龍樹の動向は把握していないらしい。あくまでも龍樹のいない隙に遂行する予定のようだ。そして、大阪と聞いて怯んだ俊夫はやはり秋吉会に関係していると思える。

とりあえずは、龍樹が無事であろうことが確認できて安心した。

「ねえ、羽理尊《はりそん》」

「だ、誰が羽理尊《はりそん》だ」

「お義父《とう》さんが俊夫ってつけなかったら、その名前になってたんでしょう？　羽理尊のほうがよかった？」

「てめえには関係ねえだろ」

「兄弟になったのに冷たいね、お義兄《にい》さん。俺のほうがひとつ年下だよ」

「知ったこっちゃねえな。緋川なんざ家族と思ってねえしよ」

「どうして？　お母さんは俊夫さんを置いて出てっちゃったんでしょ。緋川の人たちはお金持ちで面倒見がよくて、みんないい家族じゃない」

息切れと頭痛が治まって、呼吸が正常に戻ってきた。手足はだるいけど、これならそろそろ走れそうだ。

「俺は別さ。妾腹《しょうふく》だから、冷遇《れいぐう》されてる。なにやったって、兄貴みてえに大事にされねえんだ」

パキッと枝を踏み折る音が聞こえた。俊夫の歩みが再び動き出した。

「それって、妬《ねた》みとか僻《ひが》みじゃない？　龍樹さんは特別すごい人だから、同じとはいかないよ。でも大事にされるかどうかは、本人しだいだと思うけど」

三メートルほど先は急な下り斜面で、大きく窪んだすり鉢状の地形だ。うまく駆け下りれば身を隠しながら逃げきれる。でもヘタして木も草もないところに転がり落ちたら、丸見えで捕まってしまう。最悪、銃で撃たれるかもしれない。

「カタギで暮らしてきた坊ちゃんには、わかんねーさ。ヤクザの世界なんてのはよ」

俊夫の声も掠れが消えて、だいぶ回復しているようだ。近づく足音が、一歩一歩早くなってきた。

「そうだね。俺にはわからない」

笙也は、しゃがんだまま頭を低くして腰を浮かせ、ダッシュの構えをとった。

背の高い木に太い蔓《つる》が巻きついて、張り出した枝からうねうねとくねりながら斜面の下へ垂《た》れ下がっている。

「努力しないで逆恨みばっかしてるやつの気持ちなんて、わかりたくもない」

言うなり岩陰《いわかげ》から走り出し、蔓に飛びついてターザンみたいにぶら下がった。重みでうまい具合に枝がしなって、体が勢いよく斜面をすべり降りていく。灌木《かんぼく》の鋭い枝に引っかけて、薄手ジャケットの背中がビッと破ける音をたてた。

すり鉢の底に到達すると、手から離れた蔓が鞭みたいに跳ね上がった。

「くそっ、待て！　撃ち殺すぞ！」

頭上で銃声が轟いた。

威嚇《いかく》射撃だ。灌木の陰にまぎれていて、俊夫からは見えてない。

高さは七、八メートルくらいだろうか。陽の傾いた森林はいっそう薄暗く、こちらを見おろす俊夫の姿も、もう輪郭しか判別できないのだから。

屈んだ姿勢で横に走ると、俊夫は草や枯れ枝を踏みわける音を追って、すり鉢の上を平行に移動してくる。思い切って俊夫に背を向け、全速力ですり鉢の底の横断《おうだん》を試みた。

銃を撃ってくるかと気が焦ったけど、俊夫はわめきながら急斜面を駆け下り、途中でつんのめってゴロゴロと転がり落ちた。

落ち葉や土が溜まった柔らかい地面だから、怪我をしてもせいぜいかすり傷だろう。俊夫が体勢を立てなおすまでの間、無我夢中で走って這うようにして斜面を登りきった。

後ろも振り返らずとにかく走る。追って斜面を登っているのであろう俊夫との距離が広がって、罵《ののし》る怒声がしだいに遠くなっていく。

少し先の右手にハイキングコースらしき細い道が見えた。引きつけられるようにして足がそちらに向いて、ハタととまった。

森の中で迷子になるのはまずいと思うけど、だからといってコースに出て俊夫に見つかったら……。と考えたら怖くなって、反対の方向にやみくもに駆け出した。

ところが、急に視界が開けて、沈みかけた赤い夕陽の眩しさに思わず目を閉じる。

「危ない！　とまれ！」

突然どこからか龍樹の声が飛んできて、驚く心臓が期待で跳ね上がった。

「龍樹さん、どこ？　あ……っ！」

無防備に振り返った足元がぐらりと崩れて、ずっと下のほうに川が見えた。草深くて気づかなかったが、そこは地面の途切れた崖《がけ》だったのだ。

「笙也！」

落ちるっ、と焦る眼前に龍樹の顔が見えた。と同時に力強い腕に体が押し上げられ、代わりに龍樹の姿があっと言う間に沈んでいく。

慌てて手をつかんだけど、足場が脆くて龍樹は踏みとどまれない。笙也は重みに引きずられて地面に這いつくばり、龍樹の手を離すまいと歯を食い縛った。

下は岩のゴツゴツと突き立つ浅い川だ。落ちたら、運よく死なないまでも瀕死の重傷はまぬがれない。龍樹が落ちていく姿が映像みたいに脳裏に浮かんで、全身が総毛立った。

そんなひどいこと、絶対に嫌だ。

だけど、めいっぱい腕を伸ばした笙也の肩は崖から乗り出していて、このまま胸までずり出たら重みに負けてしまう。

「おまえまで落ちる。手を離せ」

「だめ。引っ張り上げるから……っ」

言うそばから、つかんだ手がずるりとすべる。懸命に龍樹の指を握る笙也の目から、ブワッと涙が溢れた。

「大丈夫だから離せ。おまえのほうが危なくなる」

「やだ。落ちるなら一緒に」

「笙也。気持ちは嬉しいが、泣いてないで目を開けて見ろ」

「見……？」

なにを？　と思い、睫毛を瞬かせて涙を散らし、恐る恐る目を開いてみた。

「あれ？」

「わかったら、早く手を離すんだ」

なんと、龍樹の靴のつま先が、小さな出っ張りの上に乗っている。強運なことに、ちょうど一人分ていどのささやかな足場があったのだ。

「ほんとに、大丈夫？　は、離すよ」

「ああ、さっさと離せ。おまえが落ちるんじゃないかと、そっちのほうがヒヤヒヤだ」

「じゃあ……」

ソロリと手を離すと、つま先立っていた龍樹の両足が、ストンと足場に納まった。落ちてはいかない。出っ張りの上で、彼は確かにしっかり立っていた。

とりあえずホッとしたけれど。

「だが、脆《もろ》くてグラグラしてる。早く上がらないと」

「え、どうしよう。どうしたら……」

「そこに木の根っこがあるだろう。手が届けばなんとかなる」

言われたそこを見ると、覗き込む笙也の顔のすぐ下に、頑丈《がんじょう》そうな根が取っ手のような輪になって土壌《どじょう》から飛び出ていた。

龍樹は、スーツの上着とワイシャツを脱いで結び合わせ、笙也に向かって投げ上げた。

「ロープ代わりにする。それのはしをしっかり握って、俺が上がるまで持ちこたえろ。できるな？」

「できる。任せて！」

笙也は言い切ると、這いつくばっていた体を起こした。伸ばした龍樹の手から根っこまで、約五十センチ。そこを登ってくるまでの間、持ちこたえればいいだけだ。龍樹を助けるためなら、なんだってやる！

龍樹は、腰の位置あたりの土をカードケースで掘り削って、つま先が入る足場をいくつか作る。根っこをつかむことができれば、あとは自力で上がってこられる自信があるのだ。

笙也はロープ代わりのワイシャツを手首に結びつけ、さらにひと巻きして握り、上着のほうを崖下に垂らした。

「よし、いくぞ」

「はいっ」

力をこめた返事のあと、ワイシャツがズシリと重くなった。尻をついて座る笙也の体が、龍樹より軽いぶんズッと引っ張られる。踏ん張る足が地面を削り、土に踵《かかと》が埋まった。

「うう……ぐっ」

手首から先がワイシャツに締めつけられて、血がとまってちぎれそうになる。食い縛る奥歯にヒビが入りそうだ。

「あと少しだ。頑張れ」

励ます龍樹の声が、さっきよりも近い。

ふと重みが消えて、崖下から龍樹の片手がニュッと現れた。草をつかむと次に顔が現れて、反動をつけて上半身が這い上がってきた。

「龍樹さん！」

駆け寄ったけれど、笙也が手助けする必要もなく、龍樹は軽々と帰還を遂《と》げた。

「よくやった。今までの仕事の中で、一番役にたったな」

龍樹は、裸の上半身についた土を払いながら笑って言う。

彼が落ちていく嫌な映像が消えなくて、膝がガクガク震えた。笙也は、目の前にいる龍樹が実体なのを確かめようと、首に両腕を回して抱きついた。

「どうなることかと……」

「そりゃ、こっちのセリフだ。別荘に着いたらおまえが森の中に逃げていくのが見えて、すぐに追いかけた。生きた心地がしなかったぜ」

龍樹の腕が、労わるようにして笙也を抱き返す。引き締まった、たくましい感触。素肌から流れる馴染《なじ》んだ体温。こめかみに唇を寄せられて、吹きかかる龍樹の呼吸を感じてやっと心から安堵した。

「俺と俊夫さんのあとをずっと？」

「ああ、一度見失ったが」

笙也の瞳孔《どうこう》が、カッと開いた。

「そうだ、俊夫さん」

彼は拳銃を持っている。まだこの森にいる。まだ終わってないのだ。不安と恐怖がぶり返して、笙也は「逃げなきゃ」と立ち上がった。

しかし。

「へへ、やっと見つけた」

背後から不気味な声が響いて、背筋が凍りついた。追いつかれてしまったのである。

歩み寄る俊夫は六メートルほどの距離で足をとめ、肩の高さに拳銃を構えた。

早く逃げなきゃ、隠れなきゃと思うが、銃で狙われていてはどうしようもない。今はへたに動くほうが危険だ。

「ガキの頃から俺の邪魔ばかりしやがる。この際、兄貴には死んでもらうぜ」

「と、俊夫さん、やめて」

笙也は青ざめた。とっさに盾になろうと、両手を広げて龍樹の前に出た。その肩がつかまれて、ひょいと龍樹の背後に引き入れられる。色鮮やかな龍の刺青《いれずみ》が目に迫って、その力強さに危機感が少しだけ鎮まった。

「おまえ、チャカ握るのは初めてだろ、そんな構えじゃ当たらないぞ」

「うるせーよ。こんなもん、引き金引くだけで人がバタバタ死ぬんだからよ」

「テレビの見すぎだ」

龍樹が鼻先で哂《わら》う。

「また、ばかにしやがって。兄貴のそういうとこ、デリケートな俺は傷ついちゃうんだよなあ」

いや、威丈高《いたけだか》で尊大で口が悪いのは、龍樹ならでは。ちゃんと向き合えば、余りある情と包容力を持つ彼の資質が見えるはずだ。そんなこともわからないなんて、気の毒な人だと思う。笙也は、龍樹の横に出て、ひねた俊夫の顔をまじまじ見た。

「それで家を捨てて、秋吉に転がり込んだのか」

「ふん、それだけじゃねえ。俺のやることにいちいち文句つける親父も、俺を敬《うやま》わない若い連中も、なんもかも気に入らねえ」

「敬ってほしけりゃ、それなりの器《うつわ》を見せろ」

「あの家でそんなの無理さ。俺は兄貴と比べて、デキの悪い邪魔者だからな。でも秋吉は違う。俺を伸ばしてくれる。そいつを連れていけば、俺は秋吉会の幹部になれるんだ。そしたら、親父も潰して慈流組を乗っ取ってやる」

「ど……どうしてそこまで？　なぜそんなに家族を嫌うの」

「骨肉の争いとかいうやつ、極道一家にはつきもんでよ。あいつら、妾腹の俺がデカい顔するのが気に入らねーんだ。だから、潰される前に潰す」

「心底、ばか野郎だな。どこで吹き込まれたんだか知らねえが、乗っ取ったところで頭の悪いおまえには組を統率できない」

「黙れ。兄貴の命は俺が握ってんだぜ」

俊夫は銃口を向け、眉間をヒクつかせて龍樹を睨む。

「寝言はほどほどにしとけ。幹部だとかずいぶんと強気だが、盃もまだもらってないそうじゃないか？　秋吉の組長は、おまえのことなんか知らないと言ってたぞ」

「てきとーこいてんじゃねえよ。本間《ほんま》さんが話を通してくれてるはずだ」

「だまされて、いいように使われてるのに気づけ。緋川の息子が、情けねえ。組長には俺から丁重に詫び入れて、おまえを引き渡すことで話がついた。共謀してる花島と、その本間ってやつにも制裁がある」

　拳銃を握る俊夫の手が、ブルブルと震え出した。怒りなのか失望なのか笙也にはわからないけれど、龍樹の言葉が彼に大きな衝撃を与えたのは見て取れた。

「う……うそつくな」

「よく考えてみろ。ただでさえ秋吉は警察にマークされてるんだ。おまえみたいな雑魚《ざこ》を幹部にするために、真っ向から慈流組とやり合うなんて面倒を起こすわけないだろう」

「うるせえ……」

「今なら、親父にも秋吉の組長にも、とりなしてやれるぞ。躾《しつけ》なおしの仕置きで済むうちに、根性入れ替えて緋川の家に戻れ」

「うるせえ！」

　俊夫の体がグラリと揺らいだ、と思った次の瞬間。

　銃口が火花を放ち、笙也の左の頬に焼けつくような痛みが走った。

「あっ……っ！」

「笙也！」

　よろける体が、龍樹に抱きとめられた。動揺して思わず引き金を引いた俊夫の弾丸が、龍樹から外れて笙也の頬骨あたりの皮膚をかすめたのだ。

「たいしたことない。かすっただけだから」

傷は浅いけれど、言いようのない痛みに唇が歪《ゆが》む。流れ出した鮮血が、じわりと顎を伝って落ちた。

「俊夫……てめえ」

龍樹の目が、刃物のように鋭い怒りを帯びていく。

恐ろしい勢いで駆け出すと、真っ正面から俊夫に飛びかかった。銃声が轟いて、笙也は悲鳴を上げた。

至近距離で龍樹に当たったかと思ったのだが、すでに拳銃を握る俊夫の手はひねり上げられていて、弾丸はあさっての方向に飛んでいた。

「ぐあ……」

俊夫が苦痛の声を漏らす。

拳銃がボトリと地面に落ちると、龍樹は俊夫の手首をつかんだまま顎を殴りつけた。手首を離すともう一発。

引っくり返った俊夫は、ヨタヨタしながら立ち上がり、殴り返そうと拳を振り回す。しかし龍樹にはかすりもせず、容赦のない攻撃を食らって何度も転がった。

躍動《やくどう》する背中の龍が、怒りのオーラを放つ。鎮まることのない激情は、笙也を傷つけられたからだ。

己《おのれ》を失うほどに猛《たけ》る龍樹を、笙也は初めて見た。自分に向けられる情が、こんなにも深かったのかと、初めて知った。

彼への愛《いと》しさが募ると同時に、理性を忘れた野獣のごとく変貌させてしまったことにひどく胸が痛んだ。

戦意喪失した俊夫は、龍樹から逃れようと、仰向いて転がったまま肘で後退っていく。

拳銃を拾い上げた龍樹は、無言で銃口を俊夫に向けた。

ほんの数秒、表情も変えずに見つめおろすと、短く言い放った。

「死ね」

戦慄《おのの》く俊夫の口から、しわがれた悲鳴が漏れた。

龍樹の銃は、俊夫の頭を正確に捉える。氷のように冷えた声。反して、背で燃え盛る炎はいっそうの怒りを揺らめかせる。

彼は本気だ。迷いもなく引き金を引こうとしている。

撃鉄がカチリと音をたてた。

「だめだ、龍樹さん！」

笙也は、龍樹の腕にしがみついて叫んだ。

「離せ。こいつは生きてる価値なんかねえ」

「きっと、俊夫さんは後悔してる。チャンスをあげれば、やりなおせると思う」

「おまえを傷つけた。チャンスはない」

「でも、かすっただけだよ」

龍樹は俊夫に目を据えたまま、笙也の手を振り解く。こんな時にも聞き届けてはもらえないのかと、笙也はなおも懸命にすがりついた。

「半分だって血の繋がった弟でしょう。大勢の子分衆の命を預かるあなたが、人道に外れることをしちゃいけない」

「た……助けて……。あ、兄貴を殺すなんて、本気じゃない。ただ、見返してやりたかっただけなんだよぅ……」

命乞いをする俊夫の膝が、情けなく震える。

「ランディスを支えてきた重役連も、あなたを信じてついてきてくれてる。引き金を引いたら、これまで築いてきたものが無駄になっちゃう。未来も失くしてしまう。お願いだから、銃をおろして」

俊夫に向けた銃口が、ピクリと動いた。

「俺の憧れの龍樹さんは、極道を貫くかっこいい人だよ。まだまだ上に昇っていける人なんだ。こんなことで手を汚したりしないで」

どうか、声を聞いて。言葉を聞いて。訴える笙也の瞳から、涙がこぼれ落ちた。

「あなたと家族になれて嬉しかった。ずっと、一緒にいたい。彼を殺したら、警察に捕まっちゃう。殺人犯になんか、なっちゃ嫌だっ」

これが、本心だ。殺生《せっしょう》はいけないだとか、そんな道徳的なことはどうでもいい。こんな卑小《ひしょう》な男のために、将来を棒に振ってほしくない。龍樹との生活を壊したくないのだ。

笙也は、龍樹の背中に抱きついて、額をグリグリこすりつけた。

「お願い……お願いだから……」

龍樹の背中の熱が、潮《しお》が引くように落ち着いていく。小さく息を吐くと、拳銃を握る手をゆっくり下ろした。

「俺は、おまえを許さない」

低く、静かに言う。

「処分は親父に任せる。秋吉にとりなしてもらいたきゃ、死んだつもりで詫び入れろ」

「ご、ごめんなさい……ごめんなさい」

俊夫はヘニャヘニャと地面に伏《ふ》して、子供みたいに泣き崩れた。

聞き入れてもらえた。言葉が届いた。

いつだって、肝心な時にかぎって一方通行だった。でも今、初めて気持ちが通じたような気がする。

お互いの言葉がやっと繋がったようで、胸に熱い想いがこみ上げた。

笙也は怒りを鎮めた龍に、そっと指を這わせた。


「うわ、泥だらけっすね。お疲れさまっす」

別荘に戻ると、笙也に『隠れろ』と叫んだ青年がニコニコと出迎えた。

愛想のいい笑顔を見て思い出したのだが、住み込みの中でも彼は二十歳の最年少。明るいしっかり者で、新《しん》ちゃんと呼ばれる若い衆のムードメーカー的存在だ。

家の前で憮然とした面持ちで捕まっているのは、揃いも揃ってチンピラ風の若い男が八人。痣《あざ》だらけでシュンとする俊夫を見ると、文句いっぱいの目で一斉に睨みつけた。こんなはずじゃなかったのに、という不満が噴出しているのだろう。

慈流組の者は、若頭《わかがしら》の徳田を先頭に笙也の知った顔と知らない顔と合わせて十人いる。

俊夫の身柄を徳田に預けると、徳田はいつもよりいっそうドスの利いたボソボソ声で言った。

「てめえに情報タレ流してた中田《なかた》も、おやっさんが怒り狂ってボコボコだ。もう緋川の顔に泥塗るようなことすんじゃねえぞ」

真由の夫である徳田は、俊夫の義理の兄である。そういえば、忘れがちだったけど笙也にとっても、彼は義兄《あに》なのだった。

「こいつら連れて先に東京戻りますんで」

「ああ、頼む。俺も銀次が落ち着いたら出る」

二階に逃げた銀次は、やはりベッドの下に隠れてくれていた。しかし、静かなマンションで暮らしてきた箱入り猫には、初めての大騒動である。外の喧騒《けんそう》はいつまでもやまず、龍樹と笙也が戻ってもまだ竦《すく》んだまま、出てこられないのだ。

車に分乗《ぶんじょう》した徳田たちが出発すると、あたりはやっと静まり返り、自然が支配する辺鄙《へんぴ》な別荘に戻る。風呂に入って泥汚れを落とすと、笙也はおやつを持って銀次のようすを窺った。

「あれ、銀ちゃん。こっちにいたの。お腹空《す》かない？」

人の気配が笙也と龍樹だけになって、少しは安心したのだろう。三角屋根の銀次ハウスに移動して、ボアのペット毛布にくるまっていた。

「どうだ？」

風呂上りの龍樹が、笙也の横に並んで銀次ハウスを覗く。泊りがけで来ている笙也は着替えがあるけれど、用意のない龍樹はとりあえずのバスローブ姿だ。

「また怖い人がくるんじゃないかと思ってるみたい。おやつは食べたけど、まだしばらく出てきてくれなさそう」

「災難だったな、かわいそうに。ここなら静かで安全だと思ったんだが」

龍樹は優しい猫撫で声で言いながら、毛布の隙間から出したピンク色の鼻をちょんと撫でてやった。

花島と秋吉会、カスミ、そして俊夫のひねくれた執念《しゅうねん》との関連を危惧《きぐ》した龍樹は、緋川の家と自宅マンションの襲撃の可能性を念頭に入れ、狙われている笙也をこの別荘に隠したのだ。密《ひそ》かに、三人の見張りをつけて。

そのあと急いで調べてみたところ、花島に仕事をさせているのは、東京でシマを張っている秋吉会の本間という男。カスミを囲っていたのも、本間。俊夫を甘言《かんげん》で使いっ走りさせていたのも、本間だということがわかった。

捨て駒になり下がった花島と、最初から捨て駒でしかなかった俊夫は、似た立場同士ウマが合ったのだろう。カスミもまた、本間に飽きられつつあり、ここ数ヵ月は放置に近い状態だったらしい。

「カスミさんって、わからない人だよね。ヤクザの愛人なのに俊夫さんと浮気するくらいだから、よっぽど好き合ってるのかと思ったけど」

龍樹にも色目を使ってヨリを戻そうとしてたし、と言いたいけれどそれは控える。

「そんなていどの女さ。本間に放置されて、退屈紛れに俊夫を部屋に引き入れた」

そうして、久しぶりに気の向いた本間がカスミの元を訪れたところが、うっかり片づけ忘れていた俊夫の私物を見られて浮気が発覚。

「どうせ飽きた女だから、くれてやってもよかったんだろうが。寝取られたとあっちゃ面子《めんつ》が丸潰れだ」

「面子だなんて……理不尽ていうか。つまらないことで虚勢を張るの、俺には理解できないな」

「おまえはわからなくていい。関係のない世界を知る必要はない」

言う声に、どことなく違和を感じて龍樹の顔を見上げた。

龍樹は、ふいと視線を泳がす。

「それで、三百万出せってことに？」

「いや。指を詰《つ》めたくなければ納得いくものを持ってこい、そうすれば働きを認めて組の幹部にしてやると言ったそうだ」

「納得……だけ？　そんな、謎かけみたいな」

「囲う金を出すのも惜しくなった女と、構成員でもない雑魚だ。脅して楽しんでたんだろう。おかしな性癖《せいへき》のある男らしいから」

笙也は、花島に迫られた時のことを思い出した。花島は、ご機嫌取りのために笙也を献上しようとしていた。おかしな性癖の本間になにをされるのか、とても想像つかないけど考えただけで悪寒が走る。

「じゃあ、俊夫さんは三百万で許してもらおうと思って龍樹さんにせびりにきたのか」

勧誘に失敗した花島は俊夫に愚痴り、金を工面《くめん》できない俊夫は花島の話を聞いて自分もその手でいこうと考えた。幹部にしてやるという戯《ざ》れ言《ごと》を真に受けて、本間の性癖を満足させる玩具を献上しようと、拉致計画を企《くわだ》てたのだった。

龍樹が昨夜遅くに大阪へ飛んだのは、秋吉会との無益な衝突を未然に防ぐため。組長と話をつけて東京に戻ると、花島とカスミを締め上げて洗いざらい吐かせた。そして、緋川邸に住み込んでいる中田が――問題を起こしてばかりで躾けなおし中という、我が身を省《かえり》みずに不満ばかりを抱えた男である――以前から俊夫と通じていて、龍樹と緋川の相談を盗み聞きして『笙也が安曇野の別荘に隠れている』と教えたのだとわかった。こちらも捕まえて締め上げ、すでに俊夫が仲間を引き連れて安曇野に向かったことを聞き出し、急遽《きゅうきょ》腕のたつ七人を招集して駆けつけたというわけだ。

龍樹が言うには、『小物が集まって知恵を絞った頭の悪い計画』であるが、大事にならずに治まってよかったと思う。

「新ちゃんたち若い三人、何日も車で寝泊りして見張ってくれてたんだね。外に出ないから全然気がつかなかった」

「ああ、よくやってくれた」

「なにかお礼しなきゃ」

「それは、親父と仁美さんがやるから気にするな。やつら、格がグンと上がるぞ」

「龍樹さんも忙しかったでしょう。仕事、溜まっちゃってるんじゃないかな。俺も明日から復帰して、頑張ります」

「いや、おまえはもういい」

言う龍樹は声の表情を抑え、笙也から目を逸《そ》らした。

「え……？」

首を傾げた笙也の胸に、不安が押し寄せた。

「どういうこと？」

龍樹の視線のほうに回り込んで見上げると、龍樹は反対側にまた目を逸らす。

「仕事は、ランディスの経営から離れた関連会社を紹介する。おまえは、緋川から出て美咲性に戻れ」

「養子縁組を解消しろっていうの？」

「独立して、絵を描いて暮らしたかったんだろう」

「どうして……急に」

さっきなんとなくおかしいと思った違和感は、これだ。やっと言葉が通じて気持ちが繋がったのに、なぜか龍樹は突き放そうとしている。

「龍樹さんと家族じゃなくなっちゃう。そんなの嫌だ」

「笙也には極道の家族は合わない。俺から離れてカタギの暮らしをしたほうがいいんだ」

「本気……？　ううん、違うでしょ。俺にはわかる」

いつもの龍樹なら、勝手に決めて聞く耳持たず、力づくで押し流すはず。でも、今は違う。ひとつひとつ言葉を選び、笙也の問いに答える。まるで、引きとめるかのように。

「ランディスで働いてれば、普通にカタギの暮らしはできるでしょう」

「俺のプライベートはヤクザだ」

「同居した最初の頃、俺は龍樹さんのものだって……言ってたじゃない。俺を気に入ったって。今さら離れろなんて、納得できない。本気なら、ちゃんと俺の目を見て言って」

笙也は、すがるようにして龍樹のバスローブの胸元を握って見上げた。

そっぽを向いていた龍樹の視線が、ゆっくりと笙也の瞳に落ちてくる。目が合う寸前、笙也は思わずギュッと目を瞑った。

やっぱり、嫌だ。目を合わせて「出て行け」なんて言われたくない。

龍樹は、笙也を引き離すとベッドに腰かけ、小さなため息を漏らした。その表情はひどく神妙《しんみょう》で、自信を失くした子供みたいに心許なく見えた。

笙也は龍樹を追って、足元にペタンと座り込んだ。

「なにがあっても守れると思ってた」

「守ってくれたよ？　龍樹さんはいつだって、何回も俺を守ってくれてる」

「だが、おまえを巻き込んだ。危険に晒《さら》した」

人差し指が絆創膏《ばんそうこう》を貼った笙也の頬に触れ、顔の中央へと移動する。

「あと五センチ、ずれてたら……」

眉間《みけん》を打ち抜かれていたかもしれないのだった。

「笙也が死んでしまったらと思うと、急に怖くなった。俺は、生まれついてのヤクザもんだ。自分が死ぬことは怖くない。他人であれ、家族であれ、死は当たり前に転がってるものだと思ってた」

笙也は、龍樹の膝に手を置き、胸が締めつけられる思いで告白を聞く。

「それが、おまえの血を見て一瞬で引っくり返されたんだ。あのまま倒れて、二度と目を開けなかったらと想像すると、今でも震えがくる」

笙也は、龍樹の掌に指先をそっとすべり込ませる。冷えた龍樹の手が、笙也の手をきつく握った。

やはりそうだ。彼は、本気で別れを告げてなんかいない。笙也を失うことを恐れて、戸惑っているのだ。

「俺は、初めて会った時から龍樹さんが好きだったよ。同居することになって、ヤクザなとこを見て怖いと思ったし、いきなり襲われてひどい人だと思った」

「ああ、今考えるとひどいことをしたな」

「でも、嫌いにはならなかった。一緒にいて、あなたのいろんな顔を知ってもっともっと好きになった。龍樹さんは、いつからそんなふうに俺のことを想ってくれてたの？」

龍樹の視線が、記憶をたどるようにして浮遊して、それから笙也の瞳を捉えた。

「いつからだったろう……。最初は、深く考えてなかったんだ。逃げ出すならそれでもかまわないと思って気軽に手を出した。おまえがあっちの趣味で、見かけによらず遊んでると誤解したから」

「誤解は、解けたんだよね？」

　笙也はつい、クスリと笑ってしまう。思い起こせば、本当にひどい初体験だった。その誤解を解いたのが、熱に浮かされた夢うつつの勢いだというのも、間抜けな話だ。

「あの時のおまえは、高熱でいつにも増してボケてたのに、やたらとよく喋ったな。うまく回らない口で堂々と自己主張してたのが、妙に可愛くて。花島に言い寄られてるのを見た時には、もう手放せない存在になっていた」

　こんな告白でさえ、ブレない『ボケ』発言。これぞ龍樹という感じで、身悶《みもだ》えてしまいそうになる。惚れた弱みとでも言うのだろうか。すでに耳に馴染んだ『ボケ』という単語にも、快感を覚える体になってしまったらしい。

「だったら、別れなんて言わないで」

「だめだ、笙也。俺から離れろ。俺のいないところで、安全に暮らせ」

「嫌だ。納得しない」

「いうことをきけ」

「嫌だ」

「嫌しか言わない。壊れたか、この口は」

龍樹は、笙也の上唇と下唇をキュッとつまむ。

「今回は無事に済んだが、この先……。牽制《けんせい》し合ってる組織が敵対して動き出す可能性はいつだってある。平穏が約束された世界じゃないんだ。また巻き添えを食って、誰かに狙われるようなことがあったら。もし、守りきれなかったら、俺は……」

龍樹の声に、また心許ない響きがまじる。

笙也はベッドに膝を乗り上げ、龍樹を跨《また》いで首に抱きついた。

「じゃあ、俺が殺されたら追いかけてきて。一緒に、死んで。どこにも行かないで待ってるから」

愛《いと》しい思いに焦《こ》がされる。いつもの彼に戻ってほしい。力強い腕で抱きしめて、性感の底へと強引に落としてほしい。

「龍樹さんを好きになって、いろんなことを知った。今まで誰を好きになっても、両思いなんて望まなかったけど……でもそれって、憧れる気持ちだけで満足して触れることを知らなかったからだよ」

懸命に食い下がる笙也は、龍樹の膝に腰を下ろし、互いの唇に息がかかる距離まで顔を寄せる。

「龍樹さんに触れたい。俺の体に、いやらしい悦《よろこ》びを教え込んだのは、あなただ。今さら突き放されたって、納得できるわけないでしょう。最後まで責任取ってくれなきゃ」

愛しさのすべてをこめ、龍樹の半身に体重をかけて押し倒す。

「愛してくれてるのがわかったから、体だけじゃなく心もひとつになりたいよ」

見よう見真似の不器用なキスで、龍樹の唇をなんどもついばむ。薄く開いた歯列《しれつ》に舌先をすべらせると、龍樹の舌が緩やかな愛撫を返してきた。

応えてくれる確かな心を感じて、体の中の熱が期待を膨らませた。龍樹のバスローブをくつろげ、胸元に手を差し入れて鎖骨をなぞった。

「ほら、こうやって触れると目の前にたくさんの色が見えてくる。春の柔らかな緑。暖かな陽射し。透明な雨の滴《しずく》」

ひとつひとつ、数え上げるようにして龍樹のみぞおちに指をすべり下ろす。自分のシャツのボタンを外して胸を重ねると、密着した素肌の艶めかしさに欲情が湧いた。

「それから、焼けつくような赤い太陽……」

訴えるごと、熱が切ない疼きに変わり、固くなる下腹が形を増していく。

「俺の絵の原動力は、好きな人を想う気持ち。絵は描き続ける。だから龍樹さんと、絶対に離れない」

「欲張りだ」

「俺をそんなふうにしたのは、龍樹さん」

「また、怖い思いをするぞ」

「平気……。あなたが一緒なら、行き先が地獄だって怖くない」

声に微かな喘ぎがまじりはじめて、じっとしていられない腰を小さく揺らして下腹をこすりつける。布越しの龍樹の感触が呼応して、しだいに隆起《りゆうき》を表していった。

「ばかを言うな、おまえを地獄になんか落とさない」

「うん。死ぬことなんか考えないよ。だって、龍樹さんの気持ちを知って、これから新しい生活がはじまるんだもの」

首筋に軽く歯をたててやると、龍樹の腕がヒクリと反応する。シャツの裾から手を入れられて、背中を撫でられてゾクリと粟立った。

「おまえ……、意外と強いんだな。そして頑固《がんこ》だ」

「そうだよ。俺は、見かけよりずっと強い。そのうち、龍樹さんの背中を守れるようになるから」

「そこまでしなくていい。俺の寿命が縮む」

龍樹は小さく微笑い、あきらめたように甘いため息をこぼした。

「あとで後悔しないな？　気が変わったと言っても、もう逃がさないぞ」

「後悔なんかしない。俺はもう緋川家の一員。全てを龍樹さんに預けるから、盃をちょうだい」

「おまえにやるのは、三三九度《さんさんくど》の盃だ」

龍樹は、笙也の体を抱きしめ、反転させて組み敷く。

歓喜を漏らす唇が、深いキスに奪われた。情を傾けた愛撫が笙也の吐息を包み、絡み合う舌を蕩《とろ》けさせた。

初めて望みを聞いてもらえた。捨て身で食い下がって、プロポーズまで手に入れてしまった。最初のキスは、触れるだけの優しい訪《おとな》い。二度目は、笙也からのへたな真似事。

唇が僅かに離れると、息を継ぐ合間にゆるりと言葉を挟んだ。

「大人のキスも……いいね」

ひと言が終わるとまた唇を深く吸い上げられ、チュクと濡れた音を引いて離れる。

「そうだろう。早く教えたかったが、バージンだとわかって遠慮してやってたんだ」

「キスだけ気遣ってくれてたの？　あれだけ好き放題しておいて？」

「キスは愛情表現のひとつだから、強引に奪うのはかわいそうだろ。お喋りからはじめたいなんてことも、言ってたしな」

潤んで揺れる瞳が、龍樹を見上げる。頬が火照って感覚がふわりと浮いた。

順番は逆になったけれど、本当に、どんなに強引で尊大でも龍樹の本質はいつだってひとつ。経験のない笙也のためにキスだけはとっておいてくれた。熱で浮かされた告白を聞いて、『お喋りからゆっくり——』と望んだ気持ちに寄り添い、触れるだけの淡いキスをくれたのだ。

「もう解禁だ」

魅惑ボイスが笙也の官能をくすぐり、お腹の下にとろりと落ちた。

唇が重なると、舌が差し込まれて口腔《こうこう》が丁寧に舐《ねぶ》られていく。互いに探り合う舌が、繋がりの狭間で緩やかに踊る。漏れ出す呼吸が龍樹の口の中へと転がり、そしてまた笙也の口へ戻り、甘いキャンディみたいに融けて舌に広がった。

体をこすり合わせるだけじゃ得られない快感。重ねた唇が気持ちを結び、どんな言葉よりも深い情を語る。

「ほんと……キスって、大事な愛情表現だね」

「だろ？」

龍樹の唇が胸元に下り、キスのかたわら服が脱がされる。それだけで体が高熱を発してしっとり汗ばんだ。

昂揚《こうよう》する乳首をつままれて、吐息が弾けた。尖った先が、早くこすってほしくてピリピリする。桃色の乳暈《にゅううん》を揉まれると、焦れる疼きに身をよじった。

ついばむキスと食べるようなキスを巧妙に施《ほどこ》しながら、龍樹は爪でくすぐるようにして突起を引っかき、ツンと立つ先を指の腹で撫でる。乳暈をグリグリこねては、また乳首の先を引っかく動作を執拗に繰り返す。

「んふ……う……ぅ」

技巧を凝《こ》らしたキスは初めてだけど、ひとつの箇所をこんな丁寧に愛撫されるのも初めてのことだ。

まるで限界を引き出すかのように胸の先をまさぐり、指の動きだけで笙也の官能を上昇させる。

過敏になっていく乳首に熱が溜まって、ドロドロに焼け熔けてしまいそうだ。

どうしようもなく呼吸が乱れて、反らした胸が浅い呼吸で上下する。

乳首にばかり神経が集まっているけれど、時折り強くつねられると、刺すような快感が下腹を貫く。そのたびに鼻に抜ける恥ずかしい声を上げ、すでに勃起を遂げている腰を突き出してしまう。

先端がぐっしょり濡れていて、覆い被さる龍樹のへその下あたりでヌルリと擦れて、それがまた艶めかしくて喘ぐ声が次から次にほとばしった。

「面白いくらい敏感だな。乳首だけでイけるんじゃないか?」

ペロリと舌なめずりする龍樹が、いかがわしげに言う。

そんなばかな、乳首だけでなんてありえない。と思うけど、視線を下ろしたそこに見えるのは、痛みさえ感じるくらい固く張り出した自分の屹立《きつりつ》。胸に与えられる刺激でヒクヒクと震え、先走りの露《つゆ》をあられもなく振りまいている。

「試してみよう」

龍樹は、笙也の胸に顔を伏せ、乳首にゾロリと舌を這わせる。

「ふ……っ」

突き抜ける快感に呼吸が途切れ、一瞬ののちに浅く吐き出された。

温かくぬめる舌で何度も舐められ、吸い上げられては甘噛みされる。

反応する突起がさらに固く収縮しているのを、これでもかというほど実感させられてしまう。意識したとたん、胸に与えられる愛撫がダイレクトに下腹を刺激して、張り出した幹の先端がヒクつきながら開いた。

胸元でピチャピチャと卑猥な音を鳴らし、龍樹の技巧が笙也の乳首を柔らかく舐っていく。もう片方では指でつねり、すりむけそうなほど擦って、カリカリと爪をたてる。

右と左に発生する真逆の感覚が胸の奥で混ざり合い、ムズ痒《がゆ》い痛みと甘い快感に苛《さいな》まれる。それが信じられないほどの昂揚感となって、下腹に充満していく。

「あ……」

ふいに愛撫をとめられて、不満と欲求が体内を駆け巡った。と思ったら、いきなり強く噛まれて、歯で乳首を扱《しご》かれた。

「っ……！」

前ぶれもなく襲ってきた激烈な快感に身を震わせ、足の指先までが張り詰めた。溜まっていた熱が暴発して、体の中でぶつかり合う。荒ぶる血流が一気に沸騰したようだった。

「あっ、や……うそっ」

言葉が転がり出た瞬間、屹立がドクンと膨れて欲熱を噴き出した。

弛緩が解けると、唖然として自分の下腹を眺めてしまう。

まさかと思ったのに、本当に乳首でイッてしまったなんて信じられない。確かに、かつてないほど気持ち悦《よ》かった。だけど快感の波が異様に高くて急すぎて、吐精の自覚が極《きわ》みに追いついてこなかったのだ。

「簡単だったな。ますます俺好みの体になってきた」

龍樹は、ことのほか嬉しそうに笙也を見おろし、腹から胸まで飛んだ白濁《はくだく》を掌で撫でて広げた。

彼好みの体とは、つまり乳首でイケるくらい敏感な体ということだろうか。なんだかよくわからないけど、喜んでもらえるならよかったと思うが。

「まだ終わりじゃないぞ」

「ぁう……っ」

終息しかけた幹の先端を人差し指で弾かれて、電気を流されたみたいに目の前に火花が散った。

「今のは試しだろう。これで終わられたら、まだイッてない俺はどうしたらいい」

「そ……それは……ど、どうしよう」

手淫でイかせてあげるべきかと考えるけど、やりかたがわからないのである。

「本番はこれからだ」

と言われても、一回出たらもう体は終わる——ものではなかったらしい。

龍樹は少し柔らかくなった笙也の屹立を握り、白濁にまみれた先端を口に含んだ。

「は……っあ」

チュクチュク吸いながらあやしくうごめく舌で摩擦されて、今度はそこから電気が逆流して背中が跳ねた。

深く咥え込まれて頭を上下に動かされると、先端が龍樹の上顎に擦られて急速に熱が再燃していく。

一回の行為につき一射が普通だと思っていたから、終わるどころかさっきより固く張った自分のそれに驚いてしまう。

口腔の摩擦が早くなるにつれ、笙也の呼吸も忙しなくなった。

いったん上下の摩擦をとめ、屹立を口内から解放すると、根元から先端までをねっとりと舐め上げる。何度か繰り返すとまた深く口に含み、舌を波打たせるように動かして上下の摩擦を施す。

「ん……あ、なんか……あぅ」

表現できなくて、口がもつれてしまった。

屹立が高い熱をもっているせいで、ヒヤリとした感触がヌメヌメとまとわりついてくるように感じられる。あえて言うなら、巻きついた水へビがうごめきながら時折り強く締めつけるとでもいったふうだろうか。

何度も抱かれて、口の愛撫も受けてきた。でも情のこもったこの技巧は、今までになく細やかで、びっくりするくらいバリエーションが豊富だ。

性感が新たに開発されていって、眩暈がするほど気持ち悦い。

根元に欲熱が溜まって、イッたばかりだというのに早くも射精感が迫《せ》り上がってきた。挿入もまだなのに二回目に達してしまったら大変だと焦る。でも溢れるものは素直に出してしまいたい。

「あっ……出そ……っ」

たえきれずに体がどんどん上昇して、射精体勢に入った。

ところが、ふと龍樹が半身を起こしたので、愛撫をなくした熱が昇りきれずにとまってしまった。

いいところで放り出されて、焦れて身悶えてしまう。もっともっと、と下腹が要求すると後ろの襞が連動してヒクついた。

龍樹がもったいつけるようにして窪みを撫でる。

意識せず笙也の膝が左右に大きく開いて、龍樹の隆起を迎えようと内壁が緩んだ。

「ここは、もうすっかり俺を覚えたな」

龍樹は緩んだ窪みに指を潜り込ませ、つけ根まで収めるとすぐに引き抜く。

「ほぐす必要もないほど、欲しがってる。もっと気持ちよくなりたいか？」

笙也は、うんうんと何度も頷いた。

「お願いしてみろ？」

「い、挿《い》れて。イかせて。お願い」

「泣くほど悦くしてやろう」

片手を笙也の顔の横につき、滾る隆起を窪みに押し当て、グイと腰を送った。

「んぁ……あ」

甘い異物感が内壁をこすりながら、ズブリと侵入してくる。奥に到達するとゆるゆるした抽送がはじまって、笙也の内部が痙攣して喜びを表した。

突き上げられる腰が浮き、両膝が龍樹のウェストをきつく挟み込む。

固い質量に過敏な一点を擦られて、こぼれる喘ぎがとまらない。息をつく暇もなく手淫《しゅいん》を繰り出されて、歓喜する内壁が収縮して隆起をギュウギュウに締めつけた。

龍樹は幹を握る手を小刻みに動かし、剛の熱で後ろを蹂躙《じゅうりん》する。

下腹に視線をやると、愛撫を施す巧みな指の動きに官能が煽られる。

「はあ……あ……また……」

ほんの一時なりを潜めた射精感が、勢いを増して戻ってきた。

今度こそ出したい。出さずにいられない。切羽詰まって込み上げる欲求に、笙也は体を弓なりにしならせた。と、龍樹の腰と手淫がとまり、今にも吐精しようとする根元が親指と人差し指できつく括《くく》られた。

「やっ……ああっ！」

またも阻止されてしまった。しかも、出かかった一番いいところで、無情に堰《せ》きとめられた。

「な……なんで……」

笙也は足をジタバタさせながら、潤んだ目で恨めしく龍樹を見上げる。

「何度でもイかせてやるから、安心しろ」

龍樹は、括る指にさらに力を加えてニヤリとして言う。

「手……、早く手を離して」

「泣くほど悦くなりたいんだろう？」

「違……、ふつ、普通でいいから」

「寸止め昇天空《から》っぽになるまでイッちゃって、だ」

「うそぉ……っ」

龍樹は幹を堰きとめたまま、腰の律動を再開して笙也の内壁を強く擦った。

なんだかんだ言って、龍樹こそＤＶＤみたいなマニアックプレイがやりたいんじゃないか？　と思う。でも、なじってやりたいけど、もう言葉にならない。

「や、あぁ……ああっ」

沸騰しすぎたシチューが鍋の底で焦げつくような、快感がどろどろと渦巻く焦燥《しょうそう》に笙也は身をよじって悲鳴を上げた。

出したいのに出させてもらえない欲熱が溜まって、根元の膨らみがパンパンに張ってしまう。燃える下腹が排出を求め、無意識に腰が振り動いた。

龍樹の奥を突く律動と重なって、体の中が熱塊にメチャクチャにかき回される。

お腹の中がヒクヒクと収縮して、隆起を締めつけるたび、固く張った隆起に快感の粒を押されて内壁が激しく波打つ。

「悦いか?」

「だめ……悦い……やぁ……あ」

自分でもなにが言いたいのか、思考が飛んで体がカオスだ。

「すご……けど、も……っ」

額に汗の玉が浮く。泣くほど悦いと言うより、死にそうなくらい気持ちが悦い。感じすぎて、涙がポロポロとこぼれた。

「可愛いぞ」

言う龍樹は満足げだ。

律動をとめ、隆起をスッと引き抜く。括る指も離されたけど、刺激がピタリとやんで射精感が出口を見失った。

いっぱい溜まってるのに手押しポンプの手押し部分がなくなってしまった。そんな喪失感で、焦れる指がシーツをかきむしる。

「やだ……っ、いじめないで」

羞恥心なんてものは、もうとっくに手放した。

欲求が荒れ狂って、龍樹を欲しがる襞の淫らな痙攣がとまらない。笙也は自分の膝裏に手を当てて引き上げ、めいっぱい開いて熟しきった局部をさらけ出した。

「ちょうだい」

早く続きがほしくて、窪みがパクパクと口を開ける。

「たまんねーな」

龍樹は、笙也の唇に熱のこもったキスをして、腕立て伏せの姿勢で窪みに熱塊を押し入れる。体重をかけて奥まで貫き、続けざまに激しい摩擦を繰り出した。

「ああっ……あ！　あ！」

理性も尊厳も手放してしまうほどの快感。突かれるたびに押し出される喘ぎ声が悩ましい艶《つや》を帯びる。勝手に腰が振れて、波打つ内壁が熱塊を揉みくちゃに練り上げた。

速まる律動に腰が揺すり上げられ、最奥が何度も何度も突き上げられる。龍樹の焼けつく剛《ごう》が、内部の一番いい箇所を激しく擦る。出口を求めて滞留していた欲熱がグラグラと沸騰して、今度こそはと細い道を駆け抜けていく。

これだ。これが欲しかった。頂点へと昇り詰め、射精感を満足させるこの流動。

「ふあ……んぅ……ぁ」

悦びを言葉で伝えようとしたけれど、もうそれどころじゃない。絶頂を迎える体が硬直して、膨張する屹立が脈打つ。白液を送り出す道が収縮して、すぐ開いたのを感じた。

「ああっ、んっ！」

熱く熔ける感触が勢いよく鈴口から飛び出して、ピシャリと胸に散った。一瞬の間のあと、うねる白濁がゴボゴボと溢れて腹に滴《したた》り落ちた。

「はあ……あ……」

笙也は満ちた喘ぎを漏らし、溜まり溜まった官能の排出を堪能した。

でも、余韻よりも残留感のほうが強く残る。ふと気づくと、繋がった箇所からシーツへと、粘る液体が伝い落ちていくのを感じた。

それは龍樹のものだ。彼も笙也の中で極みを迎え、練り上げる内壁に包まれて快感を放出したのだ。

自分の官能に夢中で、中に出される感触がわからなかった。いつも龍樹は、頂点に達すると直前で引き抜いて、笙也の外で処理していた。体内に吐精されたのは初めてだ。

龍樹は肘を折って半身を伏せ、白濁にまみれた笙也に胸を重ねる。

ぬめる肌が淫靡で、ゾクリと粟立つ。残留感が増して、終わらない熱が小さな泡をふつふつと放った。

「まだ続けるぞ」

「ん……」

喘ぎすぎた喉が、カラカラに張りついて掠れて発声できない。笙也は、頷きで期待と了解を返した。

「抜かずの二発だ」

いかがわしくも甘い囁きを落とすと、組み敷いた笙也を抱きしめ、ゆるゆると腰を揺すり上げる。

もう一度、中に吐精されたい。自分の体が龍樹を練って、そして一緒に頂点に昇っていくのを感じたい。

柔らかな摩擦が、体内をゆっくり往復する。さっきまでの、極限に追い込む激しい律動とは違う。笙也の内壁を堪能しているような、安らかな快感を分かち合う優しい摩擦だ。

泣くほどの快感もいいけど、やっぱりこういうのは欠《か》かせないなと切望してやまない。

神経むき出しになった粒が熱く膨れて、擦られるたびに内壁がゆるりとうねる。

耳元で龍樹の低い吐息が聞こえて、感じてくれているのだと思うと嬉しくて、よけいに波打つ内壁が固い隆起を締めつけた。

龍樹の背中に腕を回すと、そこに描かれている勇壮な龍を思い浮かべながら、指先でなぞっていく。

このままずっと繋がっていたいくらい、揺すられる体が心地いい。

上昇していく互いの熱がひとつに融けて、やがて摩擦のストロークが速まる。笙也の呼吸も浅く早くなって、掠れる喘ぎが間断なくこぼれ出した。

引きつけ合う唇が重なると、体内に咥え込んだ龍樹の質が膨張して、快感の痙攣を笙也の内壁に伝えた。

笙也は、ほどなく訪れるであろう極みに身を委ねた。


結局……三回もイかされて、精力も体力も空っぽだ。

でも気力だけは充実しているから、もう少し休んで熱いシャワーを浴びれば、回復して動けるだろう。

時間はすでに夜の十時。さすがの龍樹も、笙也のかたわらでうつらうつらと仮眠している。ただでさえ忙しい身なのに、この数日でさぞ疲労が溜まったに違いない。きっと、心労も並みならぬものだ。

別荘にこもって暇を持て余して過ごしたぶん、龍樹のためになにかしたい。労わってあげたいと思う。

愛しさをこめて肩口に唇を寄せると、浅い眠りで体力回復をはかっていた龍樹が、ゆっくりと目を開いた。

「明日は会社？　重役出勤する？」

「いや……後回しにしてきた仕事が溜まってるから、いつもどおりだ。そろそろ東京に戻らないとな」

ここから我が家まで、空《す》いていればだいたい三時間ちょっと。一晩泊まって早朝に出発した場合、渋滞に引っかかったら何時に着けるか予想できないのである。いつもどおりに出社するためには、今夜のうちに高速を飛ばして帰らなければならない。少しでも早く帰り着けたら、慣れたベッドで休息できるのだ。

「じゃ、俺が運転する。龍樹さんは、助手席で寝てて」

そう言うと、半ばまどろみかけていた龍樹がハタと瞼を開き、横目を流してきた。

「遠慮する。おまえのドライブテクニックじゃ寝てらんねえ」

「なんで。大丈夫だよ。任せて」

安全運転には自信があるし、秘書となってからは龍樹の足として毎日運転している。高速道路だって乗れる。ドライブテクニックは格段に上達しているはずだ。

それなのに、どこを見て「寝てらんねえ」などと言うのか。

「三十分だけ仮眠して出発する。いいか、三十分経ったら起こせ」

聞く耳持たない龍樹は、毛布を肩まで上げてしっかと目を閉じた。

「役に立ちたいのに」

笙也は、ひと言文句をたれてあきらめる。

くつろぐ二人の姿に安心したのか、ペットハウスから出てきた銀次がぴょんとベッドに乗ってきて、「ぼくも一緒に寝る～」という顔で笙也と龍樹の間に割り込んだ。

終

あとがき

皆さま、こんにちは。

初めましての皆さまも、こんにちは。


今回は、働く社長ヤクザさんを書かせていただきました。

セシル文庫では、久しぶりにお子ちゃまの出ないお話です。でも猫は出ます。猫はたまらん可愛い。そこにいるだけで正義！　です。

我が家の猫たちもすくすく育ち、体重五キロの立派な大人になりました。

男の子のボクタは大きいのでスマートですが、女の子のテリが五キロあるのは……ちょっと、ねえ。これ以上太らないようにしないと。

けど二匹とも甘ったれなのは子猫の頃のままで、ラブリー。一緒に寝てくれたらどんなに疲れていても癒されます。が、最近お昼寝用に買ってあげた猫ベッドとハンモックがお気に入りで、一緒に寝てくれません。
猫ベッドとハンモックは敵じゃ！
冬になったらまた布団に潜り込んできてくれるでしょうか。

猫とダラダラして暮らす毎日ですが、好きなバンドのライブに行きたいなあと思いつつも……もう一年くらいライブというものに参戦してない。

なんか、去年からパソコンが壊れて修理に出してもまた壊れ、買い換えたのもなぜか調子が悪かったり。父の体調も少しおかしいかなと思っていたら倒れて二十四時間看護が必要になってしまったりと、大小いろいろアクシデントが続いてます。

なので、なにかこう……ライブ参戦じゃなくてまったりしたいい刺激が欲しいなと思って、去年の秋はマシュー・ボーンの『白鳥の湖』を観に行きました。

オデットが男、白鳥たちもみんな男という力強くも美麗なバレエで圧巻《あっかん》でした。

アダム・クーパーで観たかったけど、もう彼はスワンはやらないようなので。ということで、クーパー主演の『雨に唄えば』も観てきましたよ。

歌って踊れるんですね、彼。すごいなあ。映画と同じで、胸のすく楽しいミュージカル舞台でした。

そこから、もっといいものいっぱい観たい熱が上がりまして。脳内が少しきれいになったような気がします。ル・カイン展、上村松園《うえむらしょうえん》展とか、勢いに乗って美術展巡り。

ウィーン少年合唱団の来日コンサートも行きました。ほんと、天使です！　マジ天使だったよ！　心が洗われました。

この日は偶然にも天皇陛下ご夫妻もいらしたのです。厳重な警備を感じさせない自然な雰囲気で、サラッと一般の観客と同じブロック席に着いたのにはびっくりしました。あのような方々は鉄壁の警備で隔離するみたいな席が用意されるものだと思ってたから。

テレビで見たまんま、とても仲のいいご夫婦ですね。寄り添う姿を見ていると、天皇陛下は皇后様が大好きなんだなあというのが伝わってきて、なんだか気分がほのぼのと和《なご》みました。

そして、この夏は暑さにもめげず、再びアダム・クーパーの舞台『兵士の物語』を観劇してきました。最前列だったので、飛び散る汗まで見えた。踊りもさることながら、凝《こ》った装飾も間近で見れて、いろいろ目の保養でした。

まだまだ、いいもの観たい熱は冷めません。いくら観ても、冷めるものじゃないですもんね。

次はなにを観に行こうか、物色中《ぶつしよくちゆう》。近いうち『ビリー・エリオット』が来日したらいいなと期待してます。これは『リトル・ダンサー』という映画のミュージカル版なのですが、少年少女たちの演技と踊りが素晴らしいのですよ。ＤＶＤも出ているので、ぜひオススメです。


後書きだというのに、作品と関係ないことばかり書いてますね……。

イラストは、周防佑未《すおうゆうみ》先生にいただきました。活躍されている先生の作品はよく拝見しておりますが、いつも変わらない美麗さにうっとりしています。

周防先生。ありがとうございました。

この本をお手に取ってくださった皆さま。ありがとうございました。少しでも楽しんでいただけたら嬉しいです。

かみそう都芭《つば》

セシル文庫をお買い上げいただき、ありがとうございます。
この本を読んでのご意見・ご感想・ファンレターをお待ちしております。

☆あて先☆
〒113-0033　東京都世田谷区下馬6-15-4
コスミック出版　セシル編集部
「かみそう都芭先生」「周防佑未先生」または「感想」「お問い合わせ」係
→EメールでもOK！　cecil@cosmicpub.jp

セシル文庫

恋《こい》した義兄《あに》はヤクザさんでした

【著者】　かみそう都芭《つば》
【発行人】　杉原葉子
【発行】　株式会社コスミック出版
〒154-0002　東京都世田谷区下馬 6-15-4
【お問い合わせ】　- 営業部 -　TEL 03(5432)7084　FAX 03(5432)7088
- 編集部 -　TEL 03(5432)7086　FAX 03(5432)7090
【ホームページ】　http://www.cosmicpub.com/
【振替口座】　00110-8-611382
【印刷／製本】　中央精版印刷株式会社

乱丁・落丁本は、小社へ直接お送り下さい。郵送料小社負担にてお取り替え致します。
定価はカバーに表示してあります。